大崎アイル
Illustration
kodamazon
3
The Master Swordsman's Story
Starts with the Zero Ability to Attack.
攻撃力ゼロから始める剣聖譚
幼馴染の皇女に捨てられ魔法学園に入学したら、
魔王と契約することになった

召喚された天使様がゆっくりと瞳を開く。
その目は、太陽のように明るい橙色だった。
目が合うだけで、身体が強張った。

「天使様……」

「じゃあ、行ってくるよ」
俺は七色に輝く神刀を両手でしっかりと掴んだ。
七色の魔力は、神族の魔力と言われている。
人間でそれを扱えたのは、
千年前に大魔王を倒したと言われる
伝説の大勇者アベルだけだ。
それを人の身で扱えるのは、
……この神刀のおかげだろう。

「ユージン……愛してる♥」

「ユージンくん……好き♥」

INDEX

The Master Swordsman's Story Starts with the Zero Ability to Attack.

攻撃力ゼロから始める剣聖譚 3

～幼馴染の皇女に捨てられ魔法学園に入学したら、魔王と契約することになった～

大崎アイル

OVERLAP

イラスト／kodamazon

プロローグ／スミレとサラの旅支度

◇スミレの視点◇

「ふふふーん♪」

「楽しそうだね、スミレちゃん」

私は迷宮都市《ダンジョン》のお店で、レオナちゃんと一緒に買い物《ショッピング》している。

目的はユージンくんが実家へ帰省する時の衣類や小道具の調達。

つまりは旅行の準備ということでテンションが上がる。

しかも恋人になったばかりのユージンくんと一緒に行くわけだし！

「どんな服で行こうかなー、ユージンくんの実家」

「恋人《カレシ》の実家かー。緊張するよねー、ユージンさんのお父さんって帝国の重鎮だからきっとすっごく大きな家なんじゃない？」

「でもユージンくんは普通の家だよって言ってるんだよねぇー」

「スミレちゃん、信じちゃ駄目だよ？　ユージンさんってちょっとズレたとこあるから」

「うん、よく知ってる」

私はレオナちゃんと顔を見合わせて苦笑した。

最初は異世界人の私の感覚がズレてるんだろうなーって思ってたんだけど。

どうやらユージンくんもかなり天然入ってる鈍感さんだということがわかってきた。

ユージンくん曰《いわ》く「俺は普通科でずっとソロでやってたからリュケイオン魔法学園じゃ目立たないよ」なんて未《いま》だに勘違いしてるみたいだし。

いや、めっちゃ目立ってるし、元々目立ってたらしいからね！

ユーサー学園長に気に入られて。

学園の白魔力《マナ》専用試験の史上唯一の合格者になって。

英雄科のサラちゃんやクロードくんと仲良しで。

あげく神獣ケルベロスと魔王エリーニュスさんとの戦いで、学園どころか迷宮都市《ダンジョン》でも知らぬものはいない、って感じ。

レオナちゃん以外の普通科の人だってそう噂《うわさ》してる。

ユージンくんは友達付き合いが少ないから、その辺の噂が全然本人の耳に入ってこないみたいだけど。

しかもどうやらユージンくんとお近づきになりたい人って男女問わず多いとか。

さっさと告白しておいてよかったぁ～、と思う。

「ねぇ、スミレちゃん。これなんてどう？　可愛《かわい》くない？」

「えっと……えええええっ！　可愛いけど少しエッチじゃないかな」

レオナちゃんが手に取っているのは女性用下着なんだけど、私が普段着ているのよりも布の面積が小さくて、ようするに肌の露出が多いちょっとエッチな下着だった。

「だからいいんじゃない。ユージンくんと早く結ばれなきゃ」

「む、結ばれって……」

レオナちゃんは時々過激なことを言う。

「スミレちゃんには、強力な恋敵《ライバル》がいるんだからのんびりしてちゃダメだよー。他の女に寝取られちゃうよー」

私と同じく恋人の恋敵《ライバル》がいるレオナちゃんは、言うことが肉食女子だ。

「寝取られって……」

そんなユージンくんに限って……と言おうとして気づく。

そう言えばユージンくんって結構流されやすいのかも？

失恋のショックでリュケイオン魔法学園にやってきて、最初に口説かれたエリーさんに流されたっていう事実もあるし。

「ちなみに、男の誘い方で困ったら何でも聞いてね☆」

「誘い方って……相手はクロードくんの場合だよね」

レオナちゃんの恋人のクロードくんは女好きで有名で、どちらかというと奥手のユージンくんとは全然違うタイプだと思うけど。

「男なんて、結局一緒だって」

「そうかなぁ～、……うーん、でも一応教えて？」

そんな会話をレオナちゃんとしていると。

「あっ」「あら？」「スミレちゃん？」「レオナ？」

知り合いに出会った。

いや、知り合いというか同じ探索隊《チーム》の仲間であり同じ人を好きになった恋敵《ライバル》。

そして、現在、同時に同じ人と付き合っているという複雑な関係。

長い黒髪にスラリとした体型《スタイル》の美人。

いつもの制服ではなく私服姿のリュケイオン魔法学園の生徒会長のサラちゃんだった。

お隣には生徒会庶務のテレシアさんがいる。

ちなみに彼女がレオナちゃんの恋敵《ライバル》でもある。

「「「「…………」」」」

私とサラちゃん。そして、レオナちゃんとテレシアさんが見合っている。

「スミレちゃんは買い物？」

「そ、そうだよ～」

サラちゃんは、生徒会の仕事があって私やユージンくんより遅れて帝国に来る予定。

なのでウキウキでユージンくんとの旅行の買い物をしていたのを言うのは憚《はばか》られた。

「随分と浮かれてるみたいで羨ましいわ。そんな下着まで新調して」

「えっ…………うわっ！」

そういえば、レオナちゃんに勧められた下着を持ったままでした。

「スミレちゃん？　いくら二人きりだからって抜け駆けは許さないから」

「し、しないってー」

「どうだか。さっきレオナさんにエッチなことを教わろうとしてたくせに」

「聞いてたの!?」

「あんな大きな声なら聞こえるに決まってるでしょ」

「じゃあ、声かけてよ～！」

そんな会話をサラちゃんとギャーギャーしていると。

「テレシアは、クロードと一緒にいなくていいの？」

「今日はサラ会長の仕事の手伝いだから」

「いいの？　クロードのことだから自由にさせとくとすーぐ浮気するわよ」

「大丈夫よ。浮気相手はちょうど目の前にいるから」

「へぇ～、まぁ私は昨日の夜から朝までクロードと一緒に過ごしたから。今日の夜はクロードが疲れちゃってたらゴメンね☆」

「ふふふ、確かにクロードくんはレオナの相手は疲れるって言ってたから、私が癒やしてあげないといけませんね☆」

「あら、クロードくんてば、そんなことを？　レオナには調子のいいことばかり言って」

「あぁ、確かにテレシアはベッドでも上品過ぎるってクロードのやつ言ってたっけ？」

なんかユージンくんと付き合ってから間もない私やサラちゃんの言い合いと比べて、十倍くらいギスギスしてて生々しい。

「「…………」」

顔を近づけて睨《にら》み合うレオナちゃんとテレシアさんに。

「ストップ！　ストップ！　レオナちゃん！」

「こんなところでケンカはダメですよ！　テレシアさん」

私とサラちゃんが慌てて二人を止めた。

「「え？」」

レオナちゃんとテレシアさんがきょとんとした顔で私たちを見る。

「別に本気でケンカしたりしないよ、スミレちゃん」

「サラ会長、これくらいの会話は普通ですよ」

そんなことを言われた。

「ええー！　二人とも一触即発だったよ！」

「そうです、殺気に満ちた目が怖かったですよ！」

私とサラちゃんは力説した。

「そうは言うけど、スミレちゃん……」

「お言葉ですがサラ会長……」

レオナちゃんとテレシアがこっちを呆《あき》れた顔で見ていた。

「スミレちゃんたちのほうがやばいよ？」

「サラ会長たちのほうが危険だと学園中の噂ですよ」

「「え？」」

予想外のカウンターだった。

思わず、私とサラちゃんはぽかんと口を開けて固まる。

「どういうこと？　レオナちゃん！」

「どんな噂ですか、テレシアさん！」

私とサラちゃんが同時に身を乗り出して聞くと。

「スミレちゃんは怒ると、火の魔法が暴走して巨大な火柱になって立ち上るし」

「うぐぅ！」

その通りなので、反論できない。

「サラ会長は、最近すぐに聖剣を取り出してますよね」

「はぅっ！」

サラちゃんが、私と同じように呻《うめ》いている。

「スミレちゃんとサラ会長がいつ本気でバトルになるか、学園生徒はいつも恐々としてるわよ。体術部の後輩も怖がってるし」

「実は最近の生徒会への投書で多いのは、サラ会長とスミレさんを仲良くさせてください、というものなんです。黙ってましたけど」

レオナちゃんとテレシアさんからの衝撃の告白があった。

「冗談だよね、レオナちゃん！」「嘘《うそ》でしょ、テレシアさん！」

「本当よ」「本当です」

マジでした。

私とサラちゃんは顔を見合わせる。

黒髪のぱっちりとした清楚系《せいそけい》美人のサラちゃんの顔が、今は若干引きつっている。

きっと私も同じような表情だと思う。

「ねぇ、サラちゃん」

「スミレちゃん……相談だけど」

私とサラちゃんは同時に言った。

「「もうちょっと仲良くしよっか」」

私たちは、同時に頷《うなず》いた。

一章／ユージンは、実家に戻る

「わーいー、風が気持ちい～!!」

スミレが帝国行きの飛空船の甲板の手すりに寄りかかり、全身で風を受けている。

「危ないですよ！　手すりから身体《からだ》を出さないでください！」

そして飛空船の乗務員さんに注意されている。

「ご、ごめんなさい～」

スミレが慌てて手すりから手を離す様子を、俺は苦笑して眺めていた。

俺たちが乗っている飛空船は『迷宮《ダンジョン》都市カラフ　↓　帝都グレンフレア』行きの定期便だ。

魔王エリーニュスの復活を聞きつけ迷宮《ダンジョン》都市に集まっていた帝国軍の飛空船団は、学園生徒が魔王を撃退したという祝賀会に参加したのち、すぐに帝国へと帰っていった。

祝賀会では、帝国の重鎮やら各国のお偉方に囲まれとても疲れた。

来賓の天騎士の人からは、「ユージンくんも、我々の飛空船に乗っていくかい？」と声をかけられたが、気疲れすると思い丁重にお断りした。

どのみち、帰省をするなら色々と準備がある。

俺はスミレとサラに声をかけ、俺の実家へ一緒に来る気があるかを聞いた。

◇数日前◇

「ユージンくんの実家!? もちろん、行くよ!! 楽しみ~☆」

スミレは二つ返事。

「わ、私も行きます! 準備しますね!」

サラも同行を申し出たのだが。

「駄目ですよ、サラ会長。学園祭の準備が終わっていません。会長に決めていただかないといけないことが山積みなんですから。少なくとも今溜《た》まっている書類には目を通してサインをお願いします」

「そ、そんな! テレシアさん、あんまりです!」

「どうしてもユージンくんに同行したいなら、会長決裁の仕事は全て終わらせてからにしてください。…………そもそも、本国の許可は下りているんですか?」

「…………問題ありません。帝国の内情を探るよう、聖女様から指示がきています」

後半の小声の会話は聞こえないふりをした。

相変わらず、サラは大変そうだ。

今の俺は帝国に戻っても何の地位や権限もないから、探るだけ無駄だと思うけどな。

帝都の案内くらいはしてあげよう。

「あーあ、残念だなぁー。サラちゃんが来られないなんてー。お仕事頑張ってね☆」

「……スミレちゃん。抜け駆けしたらどうなるかわかってる？」

「え〜、わっかんないなー☆　……って、まって！　聖剣を構えないで！」

「ふふふ……、この剣に誓いなさい。私が来るまでユージンに手を出さないって」

「だ、駄目ですよ！　サラ会長！　聖剣をそんなふうに使っては!!」

「止めないで！　この女にわからせないといけないの！」

「……サラちゃんが来たら手を出していいの？」

「……そうです。私が行くまではおあずけです」

「仕方ないなー、サラちゃんが来るまで待ってるから」

「絶対ですよ！　スミレちゃん！」

◇

そんな一幕があった。

本人の目の前でする会話としてはどうかと思ったが。

というわけで、俺とスミレは帝国へ一緒に向かっている。

サラは遅れて追いかけてくる予定だ。

出発した当初は「うわ、飛空船って結構揺れるね。私、酔いそう……。大丈夫かな」と不安そうだったスミレは、今では元気いっぱいで甲板を駆け回っている。

その後、飛空船内は緊急時以外は走ってはいけないので注意を受けたり。

次に手すりから身を乗り出し、やっぱり注意を受けていたわけだ。

ちなみに、飛空船の職員さんからは目をつけられたようで、さっきからスミレを監視している。

「あ——!! ユージンくん、見て見て!」

スミレが大声で、叫ぶ。

「スミレ、もう少し落ち着いて……ん?」

スミレの指差す方向に目を向け、驚いた。

巨大な——小型の竜ほどもありそうな巨大な鳥の魔物が飛空船と並走していた。

「ロック鳥か……」

「これがロック鳥!? こっちに襲って来たりしないかな?」

「どうかな……?」

家畜の牛や豚だけでなく、ゴブリンやオークなどの魔物すら常食すると言われる怪鳥。

最終迷宮《ラストダンジョン》でも階層主《ボス》として出現したことがある危険な魔獣だ。

「大丈夫ですよ。ロック鳥は賢い魔物です。帝国行きの飛空船には竜すら撃退する魔法兵装が備わっています。襲ってくることはないでしょうし、襲われても迎撃は可能です」

俺とスミレの会話を聞いてか、職員さんが笑顔で説明してくれた。

ほどなくして、ロック鳥は飛空船から離れていった。

「午後には帝都に到着します。どうぞ、船内でおくつろぎください」

職員さんは去っていった。

要は、外で騒ぐなということだろう。

「スミレ。そういえば朝食がまだだし、食堂に行くか」

「うん、そうだね！　お腹《なか》ぺこぺこ」

俺たちは帝都に着くまでの時間を、飛空船内で過ごした。

かつてたった一人で、帝都を出て迷宮《ダンジョン》都市に向かった時は、旅を楽しむ余裕なんてなかった。

今回はスミレが一緒なおかげで、余計なことを考えず、退屈せずに過ごすことができた。

しばしの空旅を楽しみ。

約二年ぶりに、俺は帝都へと戻ってきた。

◇スミレの視点◇

「うわぁ……これがユージンくんの育った街なんだ。都会だねっ……！」

「そうか？　迷宮《ダンジョン》都市だって人の数は多かっただろ？」

私が感嘆の声をあげると、ユージンくんが首をかしげた。

「ううん、でも建物はあっちよりも大きいし、それに街や道が広いー！」

初めて見る迷宮《ダンジョン》都市以外の街は、とっても大きく感じた。

前の世界とはもちろん雰囲気はまったく違うんだけど、おぼろげに記憶にある東京の高層ビルが並ぶ街を思い起こさせた。

雑多な建物がひしめき合う迷宮《ダンジョン》都市と比べて、『整備された街』という印象を強く受けた。

「確かに行軍パレードなんかも行われるから大通りは迷宮《ダンジョン》都市より立派かもな。建物が大きいのは、帝都全体を要塞と見立ててるから壁を厚くして、敵からの襲撃を想定してるんだよ」

「敵？」

グレンフレア帝国って、南の大陸で一番強い国じゃなかったっけ？

その首都なら南の大陸で一番安全ってことじゃないのかな？　という疑問をユージンく

んに投げかけた。

「そうでもないんだよ。帝国も時代によっては他国との戦争に敗れたり、強い魔物の襲撃を受けたりしてる。あと……一番は、『大魔獣』の被害かな」

「大魔獣って確か……何百年も生きてるすごく強い魔物なんだっけ……？」

私は魔法学園の授業で習った知識を思い出す。

生きた災害とも呼ばれる、南の大陸の大魔獣。

現在は、南の大陸では三体の存在が確認されているとか。

「蒼海《そうかい》連邦の近海の主『黒人魚ウェパル』。聖国カルディアの近く、タルシス山脈をねぐらとする『闇鳥ラウム』。そして、帝国のクリュセ平原に約二百年前から封印されている『巨獣ハーゲンティ』だな」

ユージンくんがよどみなく教えてくれた。

こっちの世界の人達《たち》にとっては、常識らしい。

「百年前、封印が解けかけた巨獣ハーゲンティのせいで帝都の約半分が壊滅したらしいよ」

「は、半分っ!?」

この大きな街の半分が壊れたの!?

「それもあって帝都は堅牢《けんろう》に作られているんだ。じゃあ、俺の家まで案内するよ」

「う、うん。えっと街の散策は？」

「飛空船の長旅で疲れただろ？　明日にしよう」

「はーい」

私はうきうきしながら、ユージンくんと手を繋《つな》いだ。

通りには、馬やおっきい鳥に引っ張られる馬車がたくさん行き交っている。

迷宮都市《ダンジョン》とは違う服屋や道具屋、みたことのないお店も多くあった。

ファッションも迷宮都市《ダンジョン》とは違ってて、こっちのほうが洗練されているように感じた。

地方から都会に来たって感じなのかな？

私はきょろきょろしつつも、ユージンくんとはぐれないように注意した。

なんせ人が多い。街の住人っぽい人から、色んな服装の行商人さんたち。

衛兵らしき騎士さんや、身分の高そうな人もちらほら。街に入ってしばらく歩いた時。

「お！　ユージンじゃないか。戻ってきたのか!?」

露店の商人さんから、ユージンくんが声をかけられた。

「おっちゃん！　久しぶり！」

ユージンくんは、笑顔を返した。

「しばらく顔を見せないからどうしてるのかと思ってたが、元気そうだな！　ほら、こいつはサービスだ！」

「ありがとう、おっちゃん」

そう言ってユージンくんが何かの食べ物を受け取った。

あれって何だろう？

私の視線に気づいたのか、ユージンくんが店主さんに言った。

「おっちゃん、金は払うからもう一つ頼むよ」

「ん？　連れがいたのか。そりゃ、気が利かなかったな。ほら、お嬢ちゃんの分だ」

「ありがとうございます！」

そう言ってもう一つは、私にくれた。

クレープのような生地に、たくさんの野菜と濃厚そうなタレのかかった焼肉が挟まっている。作りたてのようで、手に感じる熱は少し熱いくらい。

ふわりと、美味《おい》しそうな匂いが食欲を刺激した。

「熱いうちに食べてくれよ、嬢ちゃん」

「いただきます～……、美味しっ！」

「そりゃ、よかった。また寄ってくれよ！　お客さん、いらっしゃい！　何個だい!?」

人気のお店みたいで、次のお客さんがやってきた。

「おっちゃん、また来るよ」

「ありがとうございましたー！」

私とユージンくんは、邪魔にならないようお礼を言ってお店から離れた。

「さっきの屋台のおじさんは、知り合いなんだね」

「ああ、士官学校の時、よく買いにきてたんだよ。訓練後は腹が減るからさ。三、四個は頼んで『食べ過ぎよ！』ってよく言われてた……な」

「……ふぅん」

ユージンくんの声が後半小さくなった。

誰に言われたのかは、聞かなくてもわかった。

きっと例の幼馴染《おさななじみ》さんだ。

ユージンくんの表情は、いつも通りで何を考えているのかはわからなかった。

「さて、この辺は軍の施設や学校、図書館とか公共施設が多い区画でその先に実家があるんだ。もう少しで着くよ」

空気を変えるように、ユージンくんが私に話しかけた。

気がつくとさっきまでの商店が立ち並んでいる街並みから、大きなビルのような建物群に街の風景が変わった。

道行く人も、騎士姿や軍服の人が多い。

「あ、待って。食べちゃうから」

「ゆっくりでいいよ」

既に食べ終えたユージンくんに合わせようと、さっきの屋台の食べ物を頬張っていた時。

「おまえ……もしかしてユージンか？」


また、ユージンくんの名前が呼ばれた。

そこには軍服を着た、同い年くらいの男の子が立っていた。

がっしりとした身体《からだ》に、鋭い目つき。

ぴしっとした短髪が、いかにも軍人さんって雰囲気を纏《まと》っている。

「マッシオか？　久しぶりだな」

ユージンくんの表情は変わらない。

「…………あぁ、二年ぶりか」

話しかけてきた男の子は、やや苦々しげな表情だった。

（もしかして……）

「士官学校以来だな」

ユージンくんの言葉で確信した。

彼は、ユージンくんが退学した前の学校の知り合いだ！

「何をやってるんだ？　マッシオ」

ユージンくんは、気軽にその男の子に話しかけた。

仲が良い人なんだろうか？

「あぁん!?　これから帝都の巡回をして、その後は訓練だよ！　黒鉄騎士団の二等騎士には休日なんてねーからなぁ！　おまえみたいに女連れで、観光なんてしてる暇ねぇからよぉ！」

吐き捨てるような回答が返ってきた。

うわっ！　ガラ悪いし、感じ悪っ！

「そうか……マッシオは黒鉄騎士団に入ったんだな」

ユージンくんは相手の態度を気にせず、むしろ羨むような口調だった。

その反応に、マッシオと呼ばれた男の子は肩透かしをくらったような顔になった。

「おまえ……、神獣と魔王を撃退したんだろ……？　皇帝陛下から黄金騎士団に、いや下手したら天騎士候補を拝命することもあり得るって帝国軍内じゃ噂《うわさ》になってるぞ」

「そうなのか？　俺は親父《おやじ》に帰ってくるように呼ばれただけだよ。母さんの命日だからな」

「あぁ、そういえばそんな時期か……」

「それに俺は天頂《バベル》の塔の五〇〇階層を目指すからな。しばらくしたら迷宮《ダンジョン》都市に戻るさ」

「……おまえ本気で言ってんのか？」

マッシオさんは、信じられない者を見る目でユージンくんを見ている。

「当たり前だろ、スミレと約束したからな」

「スミレ？………あ」

そこで、彼は改めて隣に居る私に目を向けた。

先ほどまでの睨《にら》みつけるような目から、ふっと真顔になる。

「ようこそ、帝都グレンフレアへ。異世界より導かれた炎の神人族《イフリート》のスミレ殿。どうぞ、ごゆっくり滞在していってください」

あまりの落差にびっくりした。

「は、はい！　ご丁寧にありがとうございます。……どうして私のことを？」

「運命の女神様《イリア》の教えで、異世界人には敬意を払うよう帝国軍に所属するものは、厳命されています。それに先日のユージンが魔王や神獣ケルベロスと戦った様子は必須で見ることが義務付けられていますから。軍に所属する者なら、大抵がスミレ殿の顔を知ってますよ」

「は、はぁ……」

ちょっとそれは恥ずかしいなぁ！

私に説明を終えたマッシオさんは、再び不機嫌な顔になった。

「じゃあな、ユージン。そんな美人を連れていい身分だなぁ！　まったくよぉ！」

「え？」

美人って私!?

「なぁ、マッシオ。久しぶりだし、手合わせでもしないか？　三本勝負で」

「しねーよ！　これから仕事だって言ってるだろうが！　おまえ、魔王を倒した魔法剣で俺を斬る気じゃないだろうな!?」

「大丈夫だって。魔王の時よりは加減するから」

「ふざけんな！　俺は仕事に行く！」

「仕事頑張れよー」

「うるせぇ！」

マッシオさんは、ずかずかと大股で去っていった。

「なんか乱暴そうな人だったね……」

「マッシオ……丸くなったな」

私がぽつりと言った感想が、ユージンくんの発言とは真逆だった。

「え？　ま、丸く？」

「昔だったら、間違いなく勝負を挑んできたのに」

「そ、そうなんだ……」

ユージンくんの通ってた士官学校って、結構治安悪かったのかな。

てか、ユージンくんの残念そうな顔を見るに勝負したかったのだろうか。

ユージンくん、実は好戦的？

「じゃあ、行こうか」

ユージンくんは軽い足取りで歩いていく。

私は慌てて彼について行った。

「ねぇ、ユージンくん。さっきの男の子が言ってた『黒鉄騎士団』とか『黄金騎士団』ってなーに？」

歩きながら、私は気になったことを質問した。

ユージンくんは気にしてないみたいだけど、多分迷宮《ダンジョン》都市から帝国に戻るように言われるかも、って話だよね？

だってユージンくんは魔王を倒したんだし！

「んー、帝国には騎士団が全部で四つあってね……」

ユージンくんの説明をまとめると。

・青銅騎士団　……　地方の街を守護する役目。もっとも数が多い。
・黒鉄騎士団　……　帝都を守護する役目。帝国士官学校を卒業したエリート騎士が多い。
・白銀騎士団　……　実戦を多く積んだ歴戦の騎士団。

・黄金騎士団　……　皇帝直属。帝国最強の騎士団。

「へぇ～、騎士さんにも色々あるんだね。あれ、天騎士っていうのは？」

「天騎士は、帝国の最高戦力の別名で七人しかいないんだ。うちの親父や『剣の勇者』あとは……幼馴染《アイリ》もその一人だよ」

「あっ……!?」やば。

地雷ワードを言わせちゃった。

私の表情を見て、ユージンくんが苦笑した。

「幼馴染《アイリ》のことはもう平気だから大丈夫だよ、スミレ」

「……そう、なの？」

「ああ」

そう言うユージンくんの表情は、確かに何も気にしてなさそうだった。

もう吹っ切れたってことかな？

「ほら、ついたよ。スミレ」

「へぇ……ここがって、えええええっ！」

ユージンくんの指差す方向を見てびっくりした。

それまで帝都は、数階建ての大きな建物がずっと続いていた。

どれも分厚い石造りの壁に、高い塀で囲まれていた。

街全体が要塞、というのも頷《うなず》けるものだった。

その中で一つ。奇妙な家があった。

柵はなく、腰くらいの高さの生け垣に囲まれている敷地。

日本庭園のようにぽつぽつと生える、松のような木々。

庭の中央には池があり、赤い鯉《こい》のような魚が泳いでいる。

一番目を引くのは、家そのものだ。

平屋の屋敷がでん！　と横たわっていた。

西洋の街並みの中、そこだけ江戸時代から切り取られたかのように日本屋敷が異彩を放っていた。

「どうかした？　スミレ」

「どうかっていうか……、ここがユージンくんの実家なの？」

「そうだよ。ただいまー」

ユージンくんは、開きっぱなしの門をくぐる。

「ま、待ってー」

驚いて足が止まっていた私は、慌てておいかけた。

広い庭を突っ切り、ユージンくんは玄関の扉に手をかける。

扉はすー……と開いた。

「鍵は!?　何で開いてるの？」

「うちはいつも鍵かけてないから」

「不用心過ぎないかな!?」

「金目のものはないからなぁ。大事なものは肌身離さないか、親父は王宮に預けているみたいだし」

「泥棒に入られちゃうよ！」

「実は何度か入られてて、親父が全員の首を刎《は》ねてさ。その噂が広がって今じゃ、泥棒も避けて通るらしいよ」

「怖っ！！！」

ユージンくんのお父さんって、実はやばい人？

恐々としながら玄関を抜けると、土間があり長い廊下があった。

靴を脱いでいるユージンくんに私は倣った。

「スミレ、よく靴を脱ぐってわかったな？　みんなこれに驚くんだけど」

「むしろ私はこっちのほうが自然だよ。前の世界がこうだったから」

急に日本っぽい風習に戸惑う。

ホコリ一つない、よく手入れされた木造の建物内をユージンくんと私は進んだ。

「二年ぶりか……」

ユージンくんが感慨深げに、自分の家の様子を眺めている。

私もつられて家の中を見回した。

落ち着いた色の木目の床。

部屋の仕切りは、襖《ふすま》のような横開きの扉で。

その奥には畳っぽい部屋が見えた。

（和だ……、和の家だ……）

「変わった家だろ？　親父が故郷の建物をどうしても再現したかったらしくて。設計士に要望を伝えたら、頭を抱えられたらしいよ」

「ユージンくんのお父さんの故郷って確か東の大陸の……」

「戦争で滅んだ小国だった……らしい。俺は物心付く前の話だから覚えてないけど」

「そっかぁ」

東の大陸って、きっと日本っぽい文化なのかな。

ちょっと、興味があるけど戦争ばっかりしているらしいから行くのは怖いな。

なんて考えていると。

「ユージンちゃん！！！　お帰りなさい!!」

突然、後ろから話しかけられた。

「わっ！」

「ハナさん。お久しぶりです」

びっくりしたー。

さっきまで誰もいなかったはずなのに。

ユージンくんは、気づいていたのか特に驚いていない。

「あらあら、こんな可愛《かわい》らしい女の子と一緒に。隅に置けませんね、ユージンちゃん」

話しかけてきたのは、エプロン姿のニコニコしたおばあちゃんだった。

かなりお年を召されているように見えるが、背筋はぴんとして姿勢が良い。

「ハナさん、こちらはスミレさん。リュケイオン魔法学園のクラスメイトで……俺の恋人……なんだ」

「は、はじめまして！　スミレと申します！」

私は慌てて挨拶した。

……ユージンくん、私を恋人って紹介してくれるんだ。

ちょっと、顔が熱くなった。

「ええ、存じてますよ。お父様から話は聞いております。はじめまして、スミレさん。私はサンタフィールド家でお手伝いをしている『ハナ』と申します。ユージンちゃんが小さい頃からお世話させていただいてます。辛いモノが食べられないこととか、昔は幽霊《ゴースト》を怖がってたこととか、気になることはなんでも聞いてくださいね」

「ハナさんっ!?」

「ふふふふ」

ハナさんが、カラカラと笑う。

なんだか豪快なおばあちゃんだなぁー。

「ユージンちゃん、スミレさん。お茶とお菓子を用意いたしましたから、客間のほうへどうぞ」

「ありがとう、ハナさん。親父《おやじ》はまだ仕事?」

「ええ、そうですね。夕食までには帰ると聞いております」

「わかった。こっちへどうぞ、スミレ」

「はーい」

私はユージンくんから、玄関近くにある大きな客間に案内された。

そこだけは和室でなく、ソファーのある洋風の部屋だった。

そして、テーブルの上には湯呑《ゆのみ》に入ったお茶。

横にお菓子が添えてあった。

出た。


「どうぞ」

「うん、ありがとう、ユージンくん」

　ユージンくんに促されてソファーに座り、温かいお茶をすすると「たはー」とため息が出た。

「疲れたな」

「そうだね、なんだかんだ。飛空船は初めてで緊張してたのかも」

「荷物を部屋に預けてくるよ。スミレが泊まる部屋は準備してもらってるから」

「あの……部屋ってもしかしてユージンくんと一緒……」

「別々だから」

「……はーい」

　流石《さすが》に実家に来て、いきなり同じ部屋に泊まりはないらしい。

　まぁ、抜け駆けするとサラちゃんからの恨みも怖いし、ここは郷に従おう。

　その後、ユージンくんが戻ってきてしばらく雑談していたら、うとうとしてしまい……。

「寝ててもいいよ」

「…………うん」

　私は微睡《まどろ》みの中へ落ちていった。

◇

「…………ふぁ…………あれ？」

目を覚ますと、窓から差し込む光が赤い。

どうやらちょうど日が沈む頃合いのようだった。

私の身体《からだ》には、毛布がかかっていた。

部屋の中には誰もいない。

「……ユージンくん？」

誰もいない部屋でポツリとつぶやくと。

「ユージンちゃんでしたら、道場で稽古中ですよ、スミレさん」

「へっ!?」

すぐ隣に笑顔のハナさんが立っていた。

うそ！　絶対に誰もいなかったのに。

この人、忍者なんじゃないの？

「えっと、道場ってどちらなんでしょう？」

少しドキドキしながら私は尋ねた。

「ご案内しますね」

ハナさんの後ろをついていく。
道場というのは、どうやらユージンくんの家の裏手にあるようだった。
家からは廊下でつながっていて、外からみると小さな体育館といった外観だった。
道場から「ヒュッ！　ヒュッ！」という素振りの音が聞こえる。
きっとユージンくんだ。
「では、私は夕食の準備がありますから」
ハナさんは小さく会釈して去っていった。
私も会釈を返しつつ、道場へ近づいた。
（わぁ……）
開いた扉から、中を見て心の声で感嘆する。
道場内では、ユージンくんが一人で木刀を振っていた。
私は剣の素人だから、難しいことはわからない。
けど、ユージンくんの振るう剣は、流麗だった。
滑らかな身体運びに、ぶれない体幹。
風をきる剣先は、私の目には捉えられなかった。
剣舞のようなそれに、私は目を奪われ眺めていた。
その時、ユージンくんが私に気づいたようで。

「スミレ。起きたのか」

「うん、寝ちゃった」

と言いながら、私が道場内に足を踏み入れようとした時。

「修行は続けているみたいだな」

知らない人の声が響いた。

（えっ？）

と思った瞬間「ダン！」という大きな音と同時に、床がドシン、と揺れた。

「きゃっ！」

思わず小さな悲鳴を上げ、目を閉じてしまう。

そして目を開いた時、膝をついて剣を受けているユージンくんと、剣を振り下ろす知らない人がいた。

「ユージンくん！！！」

「おっと、驚かせたな。すまない、お嬢さん」

にっ、と笑った顔は悪戯っ子《いたずらこ》のようで、見た目は四十代くらいのしっかりと大人のおじさんだった。

黒髪黒目で、長い髪を無造作に後ろでくくっている。

無精《ぶしょう》髭《ひげ》をはやし、服装は着流しのような和装だった。

そして、どことなくユージンくんと似ていた。

「…………おい、親父。二年ぶりにあう息子に不意打ちはないだろ」

ユージンくんが、苦言を伝えると。

「剣の師匠として、腕が鈍っていないかを確認するのは当然だ」

その中年の男性は、飄々《ひょうひょう》と答えた。

（この人が……！）

どうやらこのおじさんが、ユージンくんのお父さんらしい。

二章／ユージンは、再会する

◇スミレの視点◇

「遠路はるばるよく来てくれた！　うちの愚息が元気になったのはスミレさんのおかげだと聞いているよ！　本当にありがとう！　ユージンの父として感謝する！」

「指扇《さしおうぎ》スミレです。いえ、こちらこそユージンくんには助けてもらってばかりで……」

「色々と話を聞きたいところだが、まずは夕食にしよう！　うちのハナさんが作る食事はどれもうまい！」

私は、ユージンくんのご家族と夕食をとることになった。

正面に座るユージンくんのお父さんに見つめられ、少し緊張する。

なんというかユージンくんのお父さんは、全体的に『ゆるい』感じのする人だった。

ニコニコというかへらへら、というか。

ユージンくんと顔つきは似ているけど、受ける印象は随分違った。

「どうぞ、召し上がってください。食べ方はわかりますか？」

こちらもニコニコとハナさんが、勧めてくれる。

座敷のテーブルの真ん中には、グツグツと煮える鍋がでん！　と鎮座している。

ダシの良い香りが、部屋に満ちている。

「は、はい。いただきます」

そう言うと私は、生卵をコチンと陶器の器に割り入れた。

箸でシャカシャカとかき混ぜる。

そして、穴の空いたお玉で具材をすくい、生卵の中にそっと入れた。

熱々の具材が、ほどよい温度になる。

私はゆっくりと味の染みた野菜を口に運んだ。

「あっ……美味」

口の中に甘じょっぱい味が広がる。

うん、これ『すき焼』だ。

私は異世界で、何故《なぜ》かすき焼を食べている。

「スミレ、よく食べ方わかったな……？」

ユージンくんは驚いている。

「ユージンくんは食べないの？」

よくみるとユージンくんの箸が進んでいない。

「生卵が苦手でさ……」

「へぇ〜」

「なんだよ、なさけねぇなー、ユージンは。これが旨《うま》いのに」

「火を通せばいいだろ？」

「ばか言え！　それじゃ、素材の味が台無しだ！　そういえば卵をご飯にかけるのも苦手だったな」

「ああ、俺は明日の朝食は卵焼きがいいよ、ハナさん」

「え？　ユージンくん、卵かけご飯苦手なの!?」

美味《おい》しいのに！　わいわいと鍋を囲んで雑談になった。

なんかいいなー、こういうの。

私は、お皿に並んでいるお寿司《すし》を箸でつかんでパクッと食べた。

って、普通に食べちゃったけど、これお寿司じゃん！

和室のテーブルで、すき焼と寿司を食べる……。

ここって日本？

「お口にあいましたか？　スミレさん」

「はい！　とっても美味しいです！」

「そうですか。それはよかった」

ハナさんはニコニコとして、何も食べていない。

「あの……食べないんですか？」

「私はサンタフィールド様の手伝いですから。ご主人様とお客様を差し置いて食べられませんよ」

「ぇ……そんな」

みんなで食べたほうが楽しいのに。

でも、やっぱりこっちの世界だと階級社会なのかな……？

と戸惑っていると。

「ハナさん、いつも通りでいいから。スミレは異世界から来たから、帝国貴族のルールとか気にしないよ」

「あら？　そうなんですか。では、いただきますね」

そういって慣れた様子で、ご飯を食べ始めた。

「ユージンくん？　ルールって……」

「一応、親父《おやじ》は帝国貴族だからさ。面倒なルールやら慣習があるんだよ」

「おい、一応とは何だ息子」

「別に領地もなければ、使用人もハナさん一人だし。親父みたいな貴族を一般的だと思われるとスミレがあとで困ることになるって」

「そりゃそうだな。はっはっは！」

ユージンくんのお父さんとの会話が、ぽんぽん進む。

「てな、わけだスミレ」

「そうなんだ～。私も帝国のマナーを覚えたほうがいいのかな？」

「別にいいんじゃないか？　こっちに住むわけじゃないんだし」

「何をおっしゃってるんですか！　ユージンちゃん。スミレさんはお嫁さん候補なのでしょう！　であれば、帝国のマナーをしっかりと覚えて損はありません！」

「お、お嫁さん!?」

「ハナさん……、スミレはこっちの世界にきたばっかりだから他にもいっぱい覚えることがあるよ」

「いーえ！　いけません！　スミレさん、時間がある時にご説明させていただきますね。もちろん、嫌でなければですが」

「勿論《もちろん》、教えていただきます！　ハナさん、ありがとうございます！」

「いい子だなー、スミレさんは。素直で返事がはきはきしてて。母さんの若い頃とそっくりだ」

「ユージンくんのお母さんと!?」

そういえば亡くなったというお母さんの話はほとんど聞いたことがない。

なんだか悪い気がして。

「スミレ、真に受けるなよ？　親父は酔っ払うと、誰にでも同じことを言うからな」

「あ……そうなんだ」

よく見ると、ユージンくんのお父さんはすでに何杯かの酒杯《さかずき》を空にしている。

「おい！　ユージン。お前も飲める年になったんだ。親父の注《つ》いだ酒が飲めないのか！」

「俺は自分のペースで飲むから」

「生意気だな！　魔法学園で遊んでばかりじゃないだろうな。スミレさんみたいな可愛《かわい》い子を恋人にしたんだ。親父の酌でもしてみろ！」

「酔っ払い親父め……」

ぼやきながらも、ユージンくんも楽しそうだった。

こうして私たちは、歓談しつつ楽しい夕食を終えた。

◇

食後に、ハナさんが淹《い》れてくれた温かいお茶と、冷たいお菓子を食べながら一息ついていたとき。

「なぁ、ユージン。明日宮殿に行けるか？」

ユージンくんのお父さんが、何気なく聞いてきた。

「ん？　何で？」

「あいつがお前に会いたいんだってさー。士官学校を退学してるからユージンは一般人だって、何度も言ったんだけど聞かなくってさぁ」

「あいつ？」

「駄目ですよ、ご主人様。皇帝陛下のことを『あいつ』などと呼んでは」

「「皇帝陛下⁉」」

　私とユージンくんの声がハモった。

「どうして皇帝陛下が俺に会いたいって？」

「そりゃ、お前が最終迷宮《ラストダンジョン》で戦った神獣ケルベロスや魔王エリーニュスの話を聞きたいんだろ。あいつ、他人の武勇伝を聞くのが大好きだから」

「まじかー」

　ユージンくんが困った顔で、天井を見上げた。

「小さい頃はお前も懐いてたじゃないか。それが突然の出国で、挨拶もなく出ていったって少し寂しそうだったぞ」

「それは皇帝陛下が皇太子だったころの話で……。皇帝に着位されてからは、気軽に話したりはしてないけど……そうか、気にかけてくださっていたのか」

　ユージンくんの声色からは、なんとも懐かしそうな響きを感じた。

ユージンくんのお父さんが、手裏剣のように投げた紙をユージンくんが器用に受け取った。

「え？」

「ほい」

それは封筒だった。

「皇帝面会の紹介状だ。俺が書いておいた。時間がある時に宮殿に寄ってくれ」

「……急に言われても。いや、わかった」

少し困った顔をしたあと、ユージンくんが私のほうを振り向いた。

「スミレ、ごめん。明日は帝都を案内しようと思ったんだけど、用事ができた」

「うん、大丈夫だよ。留守番しておくね」

「であれば、私が帝都を案内しますよ。よろしいですか？」

そう言ってくれたのはハナさんだった。

「はい、ぜひ！」

「では、よろしくおねがいします。スミレさん」

こうして明日は、私とユージンくんは、別行動することになった。

◇ユージンの視点◇

――帝都グレンフレアの中央に位置する皇居エインへヤル宮殿。

皇帝陛下をはじめとする、皇族が住んでいる荘厳な建物。

巨大な正門には、いつも数名の黒鉄騎士が油断なく守備をしている。

子供の頃はいつも裏口を使っていたが、今日は皇帝陛下への面会状を持っているため正門を使った。

入り口には何名かの行列ができていた。

「次の者……、随分と若いな。学生か？　宮殿への入場許可証を見せなさい」

「はい、どうぞ」

門番の黒鉄騎士団の男は、リュケイオン魔法学園の学生服の俺を怪しんでいるようだ。

まぁ、そりゃそうだろう。

俺は親父にもらった、面会状の入った封筒を手渡した。

「これは……、帝国軍で使われる封筒。君は軍の関係者か……、署名《サイン》は誰か………字が汚いな。ひどく読みづらい」

「……すみません」

親父の代わりに俺は謝った。

字が乱雑なのは、昔からのことだった。

黒鉄騎士の人は、サインを読むのを諦め何かの魔道具《マジックアイテム》に封筒をかざしている。

「どうやら、本物のようだ。宮殿への入場を許可する。目的を聞こう」

「皇帝陛下への謁見です」

「…………またか。最近多いな。皇帝陛下は民の声を直接聞く御方《おかた》だからな。しかし、同じような者が大勢いる。既に謁見を申し入れてから三日ほど待たされている者たちもいるぞ。それでも待つか……いや、ここまで来ているのにその質問は無粋か。よし、通ってよし！　謁見の間は、まっすぐ進めばわかる。道に迷ったら、衛兵に聞くといい」

「ありがとうございます」

「では、次の者！」

色々と親切に教えてくれた。

俺はお礼を言って、宮殿の正門をくぐった。

正門から宮殿の間には、大きな敷地と広い石畳の正道が延びている。

思えばここを歩くのも久しぶりだ。

たまに、親父に連れられてきていたかもしれないが……、一人で歩くのは初めてだった。

複雑な意匠が凝らされたエインヘヤル宮殿の外観がはっきりしてくる。

確か数代前の皇帝が、えらく芸術にこだわっていてその時に作られたものだそうだ。
帝都で最も価値がある芸術品は、この宮殿そのものだと言われているとか。
百年前の大魔獣の襲撃の際も、宮殿だけは死守したらしい。
宮殿の大きな扉の前でも呼び止められ、俺は正門の時と同じようなやりとりをした。
子供の頃は顔パスで自由に行き来できたのにな、という記憶が蘇《よみがえ》った。
広い廊下を歩きながら、謁見の間の大きな扉が見えてきた。
そして、その前にたむろっている人々の姿も。
(これは……)
謁見の順番待ちだろう。
皇帝陛下が民の声を聞く時間は、一時間にも満たないらしい。
一人あたりの持ち時間はほんの一分だとか。
その僅かな時間のために、大勢の人々が押し寄せている。
俺は列を整理している騎士の人から、整理券を受け取った。
貰《もら》った番号と、謁見の間の扉の横の黒板にかかれている番号を見比べる。
(百組以上あとか)
これは今日の謁見は無理そうだな。
念のため、親父に渡された面会状を受付の騎士に見せたが、やっぱり文字が読めないと突っ返された。

親父《おやじ》……。

俺はため息を吐《つ》き、廊下の端により窓枠にもたれた。

しばらく、外の景色を眺める。

良い天気だ。

スミレとハナさんは、今頃帝都の街を散策している頃だろうか。

窓の外には、庭園が見えた。

可愛らしい花が、ぽつぽつと咲いている。

そういえば、あのへんで昔隠れんぼをして遊んだな……、なんて思い出していた時。


「…………ユウ？」


名前を呼ばれた。

正確には、名前ではなく渾名《ニックネーム》。

ざわざわとしている、謁見の間の待合スペースで、その声はやけにはっきりと耳に届いた。

声の主が誰であるかを確かめる必要はなかった。

二年ぶりだが、忘れるはずがない。

物心ついた時から、もっともよく聞いていた声だ。

「…………」

俺は何も答えず、窓の外への視線を少し彷徨《さまよ》わせ、……結局は振り向いた。

予想通り、そこには彼女が立っていた。

――アイリ・アレウス・グレンフレア皇女。

帝国第七皇女にして、俺の幼馴染《おさななじみ》と再会した。

「…………ユウ。久しぶりね」

俺に声をかけたのは、黄金の獅子《しし》の紋章が刻まれた純白の鎧《よろい》に身を包んだ高貴な騎士姿の女性。

見覚えがある顔だったが見違えた。

(アイリ……、綺麗《きれい》になった)

記憶にあるのは帝国士官学校の制服姿のアイリだった。

あれから二年。随分、大人びて見えた。

今の幼馴染は、帝国最高戦力の天騎士にして将軍職も兼ねている。

国外でのんびり学生をしている俺とは、すっかり立場が変わってしまった。

おっと、つい感慨に耽《ふけ》っていたが。

今は話しかけられている。

「お久しぶりです。アイリ皇女殿下」

俺は右手を胸に当て、頭を下げた。

親父は帝国貴族だが、俺の立場は平民。

なので皇女であるアイリに対しては、これで正しいはずだ。

軍籍ならば跪《ひざまず》く必要があるんだったかな？

「え？」

返ってきたのは、戸惑った声だった。

「あ、あのさ、ユウ。もっと普通に……」

「アイリ。そんなところで何をしてるのですか」

幼馴染《アイリ》が何かを言いかけた時、誰かから声をかけられた。

ちらっと見ると、長身で金髪碧眼《きんぱつへきがん》のいかにも貴族然とした男だった。

「ベルトルド。ほら、前に話したでしょう。士官学校で首席だったユージンよ」

「……あぁ、『選別試験』に落ちこぼれて国外へ逃げ出したという情けない男ですか」

アイリの隣の男からは、刺々《とげとげ》しい言葉が返ってきた。

ベルトルド、という名前には聞き覚えがあった。

確か下級貴族から頭角を現した、新進気鋭の若い才能ある将軍。

そして、現在のアイリの恋人……であるはずだ。

噂《うわさ》は本当だったらしい。

並んだ二人は、とてもお似合いに見えた。

「ちょっと、そんな言い方は……」

「皇帝陛下を待たせてはいけません。今は大事な時期なのだから」

「わかってるわ。でも、もう少しだけユウと話を……」

「そんな時間はありません!!」

なにやら二人が揉《も》めているのを聞いていると。

「おーい、ユージン～。そんなところで何をしてるんだ?」

気の抜けた聞き慣れた声で、名前を呼ばれた。

なんとなくいつもより声がかすれているのは、昨日の飲み過ぎのせいだろう。

「「帝の剣様《インペリアルソード》!!」」

アイリと隣の騎士が、慌てて姿勢を正す。

「おや、アイリちゃんとベルくんも一緒だったのかい。邪魔したかな?」

親父は皇帝の居城に似つかわしくない、いつもの着流しで腰に刀を帯びて歩いてきた。

「いえ、とんでもありません! ほら、アイリ。皇帝陛下のもとへ急ぎますよ」

「う、うん……」

ベルトルトという将軍と、アイリは連れ立って皇帝陛下のいる広間へ去っていった。

アイリは、終始俺のほうを振り返って何か言いたげだったが、結局何も言わずだった。

「ユージン、何でこんなところにいるんだ？　面会状忘れたのか？」

「見せたけど、読めないって言われたんだよ」

「ん？　読めなかったのか？」

「いや、俺は読めるけどさ」

俺は封筒を親父に渡した。

それを聞いてか、受付の騎士が青くなってこちらまで走ってきた。

「申し訳ありません！　帝の剣《インペリアルソード》様！」

「あー、いいよいいよ。字が下手ですまないね」

ぽんぽんと、真っ青な騎士の肩を叩《たた》き親父はへらへらと謁見の間のほうに向かった。

数歩歩いて、振り返る。

「おい、ユージン。さっさとついてこい」

「俺も？」

「当たり前だろ。正午に皇帝陛下におまえを会わせるって約束なんだ」

「……それは聞いてないし、既に時間が過ぎてるんだけど？」

「おう、遅刻だから急ぐぞ」

俺は親父に続き、謁見の間の巨大な扉をくぐった。

という言葉を、口に出す寸前に飲み込む。

遅刻は、誰のせいだ!!


――皇帝陛下の御前。


実は、俺は『皇帝陛下』と直接言葉を交わしたことはない。

皇帝の即位前。『皇太子殿下』の時は親父が護衛騎士として24時間一緒に居たため、よく顔を合わせていた。

皇太子時代は、よく暗殺未遂にあっていたらしい。

しょっちゅう、ウチの家に転がり込んで飯を喰《く》って酒を飲んで寝転んでいた。

親父と馬が合うくらいだから、大雑把な人だったイメージだ。

それをアイリと一緒に、やや呆《あき》れながら見ていた記憶がある。

皇帝と成ったあとは、親父やアイリの口から人となりを聞いているくらいで。

親父は「あいつは真面目になっちまったなぁ」と嘆き、アイリは「父上は急に厳しくなって!」とぼやいていた。

俺はそれを「ふーん」と聞いていた。

結局は自分の目で見てない話だ。

士官学校を卒業すれば、入隊時に皇帝直々に挨拶がある。

出世すれば会話する機会があるだろう、なんて当時は考えていた。

そして、今日。

ついに皇帝陛下への面通りとなったわけで――

「久しいな、ユージン」

数年ぶりに聞く皇帝陛下の御声《おこえ》は、記憶よりも冷たく聞こえた。

「ご無沙汰しております、皇帝陛下」

俺は跪いて、挨拶の言を述べた。

ちらっと見た尊顔は、親父と同い年くらいのはずだが遥《はる》かに若々しく見える金髪の美丈夫だ。

厳格にこちらを見下ろす様は、皇帝の威厳に満ちあふれている。

皇帝陛下の右隣には、眠そうにあくびをしている親父――帝の剣《インペリアルソード》が控えている。

そして、左には宰相――がいるはずなのだが、俺のよく知っているレオポルト宰相閣下の姿はなかった。

代わりにいるのは、年齢不詳の……おそらくは皇帝陛下よりも若い美しい女性だった。

レオポルト宰相閣下は、ご引退されたのだろうか？

確か年齢は既に七十を超えていたはず。

引退をしてもおかしくない。

俺やアイリを孫のように可愛《かわい》がってくれたご老人。

久しぶりに挨拶をしたかったのだが……。

にしても、彼女は新しい宰相なのだろうか。

立っている場所は、間違いなく宰相の位置だ。

皇帝陛下の玉座と同じ高さに立てるのは、『帝の剣《インペリアルソード》』と『宰相』のみ。

だから、おそらく彼女がそうなのだろう。

（いくらなんでも若すぎないか……？）

余計なことを考えていると、皇帝陛下からの言葉が続いた。

「ユージン。神獣ケルベロス、魔王エリーニュスを相手に勝利とは、立て続けに武功を上げたな。見事だ」

皇帝陛下の御声は、広い謁見の間によく通る。

「恐れ多いお言葉、有難うございます」

いったん、無難な返事をする。

「最終迷宮《ラストダンジョン》『天頂の塔《バベル》』の一〇〇階層。それを突破した者は黄金騎士団《ゴールデンナイツ》の団長と同等の資格を有すると帝国法にある。ユージンが望むならその地位を授けるが、どうか？」

「それは……」

マッシオの言葉を思い出した。

皇帝陛下からの有り難いお言葉だ。

しかし、それをそのまま受けるわけには……と言葉を選んでいると。

「恐れながら、陛下に進言いたします！」

俺が返事をする前に、口を挟んだのは先程アイリと一緒にいたベルトルトという騎士、いや将軍だったか。

「先の魔王との戦闘には、異世界転生人である炎の神人族《イフリート》とカルディア聖国の筆頭聖女候補の助力がありました。それがなければ、勝利には程遠いものであったかと。黄金騎士団の団長の資格とするには早計ではないでしょうか！」

明確な反対意見だった。

ここまで皇帝の言葉に反する箴言《しんげん》はいいのだろうか？

と思うと、皇帝陛下の顔はわずかに不愉快そうなものだった。

「貴様の意見は聞いておらぬ、下がれ」

「……申し訳ありません」

ベルトルト将軍は、頭を下げて口をつぐんだ。

「さて、ユージン。どうだ？」

「…………」

おいおい。

なんか断りづらくなったんだけど。

なんて言えばいいか？　と考えていると……シンとした広間に響いたのは聞き慣れたゆるい声だった。

「おい、ユージン。聖原《サンタフィールド》家の家訓は忘れてないよな？」

この場面で何を言ってんだ、この親父《おやじ》は。

と言いそうになるのを抑え、忘れるはずのない言葉を思い出す。

——約束を守る。

俺がガキの頃から、親父に言われ続けてきた言葉である。

約束を守れない剣士に価値のある勝利はない。

それが我が家の家訓であり、絶対の決まりだ。

——スミレ……一緒に五〇〇階層を目指そう
俺には果たしていない約束がある。

だから、ここで俺が皇帝陛下に言うべきは。

「申し訳ありません、リュケイオン魔法学園にてやり残していることがあります。それまでは帝国へ戻れません。黄金騎士団となることはできません」

俺は皇帝陛下の申し出を断った。

広間がざわめく。が、言は撤回しない。

「無礼な！」

「皇帝陛下の配慮を無下にするか！」

「平民の分際で！」

うーん、散々な言われようだな。

親父は特に助け舟はくれないらしい。

「まぁまぁ、良いではないですか。ねぇ、皇帝陛下。若き剣士の挑戦を寛大な心で、応援されますよね？」

ここで初めて、皇帝の左の女性が口を開いた。

ざわめきが、ぴたりと止まる。

「当たり前だ」

やや不貞腐《ふてくさ》れたように、皇帝陛下は言い、そして席を立った。

気分を害してしまったのだろうか？

そのまま奥の間へ姿を消す。

それを追うように、宰相の女性も奥へと消えた。

親父は……眠そうにあくびをしている。

あのさぁ。まぁ、いいか。

いつも通りだ。
この後は、軍議ということで一般人の俺は謁見の間から追い出された。
俺は広間の身分の高い方々へ一礼をして、広間を後にした。
「……ユウ」
ふとそんな声が聞こえた気がした。
声のほうを振り向いたが、人が多く声の主《アイリ》の姿は見えなかった。

◇

エインヘヤル宮殿の廊下に戻ってきた。
「皇帝陛下は本日はお会い出来ぬ！　また明日に来るがよい！」
という声が聞こえてきた。
どうやら本日の謁見時間はなくなったらしい。
（……俺が時間を使い過ぎたせいかな？）
だとしたら非常に申し訳ない。
心の中で謝罪した。
ただ、俺個人の用事は終わった。

いつまでも宮殿にいてもしょうがない。

さて、帰ろうかと出口のほうへ歩き始めた時。

「ユージン殿！　お待ち下さい！」

呼び止められた。振り返ると、金色の鎧《よろい》の壮年の騎士が立っていた。

(皇帝直属の……黄金騎士？)

男の顔に見覚えはない。

「……何でしょうか？」

やや警戒しつつ、答える。

もっとも、ここは皇居エインヘヤル宮殿内だ。

見覚えはなくとも、怪しい人物ではあり得ない。

しかも鎧の胸には、二対の翼の刻印。

つまりは騎士隊長以上の人物ということだ。

「エカテリーナ宰相閣下が、ユージン殿にお話があるそうです！」

「……宰相様が、俺に？」

俺は彼女と面識はない。

俺が帝国を出たのは、二年前。

新宰相が着任したのは、それ以降だろう。

ならば俺のことなど知らないはずだが。

「ご予定があれば、別の機会にと。いかがでしょうか!?」

「……いえ、時間はあります。今で大丈夫です」

どうやら適当にやりすごすことはできなそうだ。

俺は黄金騎士についていき、皇帝陛下への謁見の間からすぐ隣の大きな扉の前に案内された。

この場所は知っている。

前任のレオポルト宰相のじいちゃんの部屋だったから。

よくアイリとの遊び場として使っていた。

……コンコン
黄金騎士の人が、扉をノックする。

「入ってください」

中から少し高い女性の声が聞こえる。

「どうぞ、ユージン殿」

案内はここまでらしい。

「……失礼します」

俺は少し緊張しながら、子供の頃以来の宰相閣下の部屋へと足を踏み入れた。

「どうぞ、楽にしてください」
先程まで皇帝陛下の隣に居た高貴な女性が、宰相の部屋の椅子に優雅に腰掛けている。
ダークブルーのドレスに、黒のマントという女性としては重めの色合いの服装。
ドレスやマントには繊細な模様が刺繍《ししゅう》されており、その高価さを感じた。
しかし、一番目を引くのはその美貌だった。
金髪に碧眼《へきがん》は、アイリと同じく一般的な帝国貴族のものだ。
どこの貴族の人だろう？
「ユージン・サンタフィールドです」
胸に手をあてて、頭を下げる。
「話すのは、はじめてですね。宰相のエカテリーナです」
やはり彼女が新しい宰相だった。
にしても、名字を名乗らないのはなぜだろう？
帝国貴族は、家名を大事にする。宰相といえば、皇帝の片腕。
政治面において、皇帝が不在のときは皇帝の代理を務めることができるほどだ。
最高権力者の一人と言っても過言ではない。
普通は、しつこい位に家名を名乗ってくるものだが。
ちなみに帝の剣《インペリアルソード》である親父は軍事面において、帝国軍を指揮できる『大将軍』という

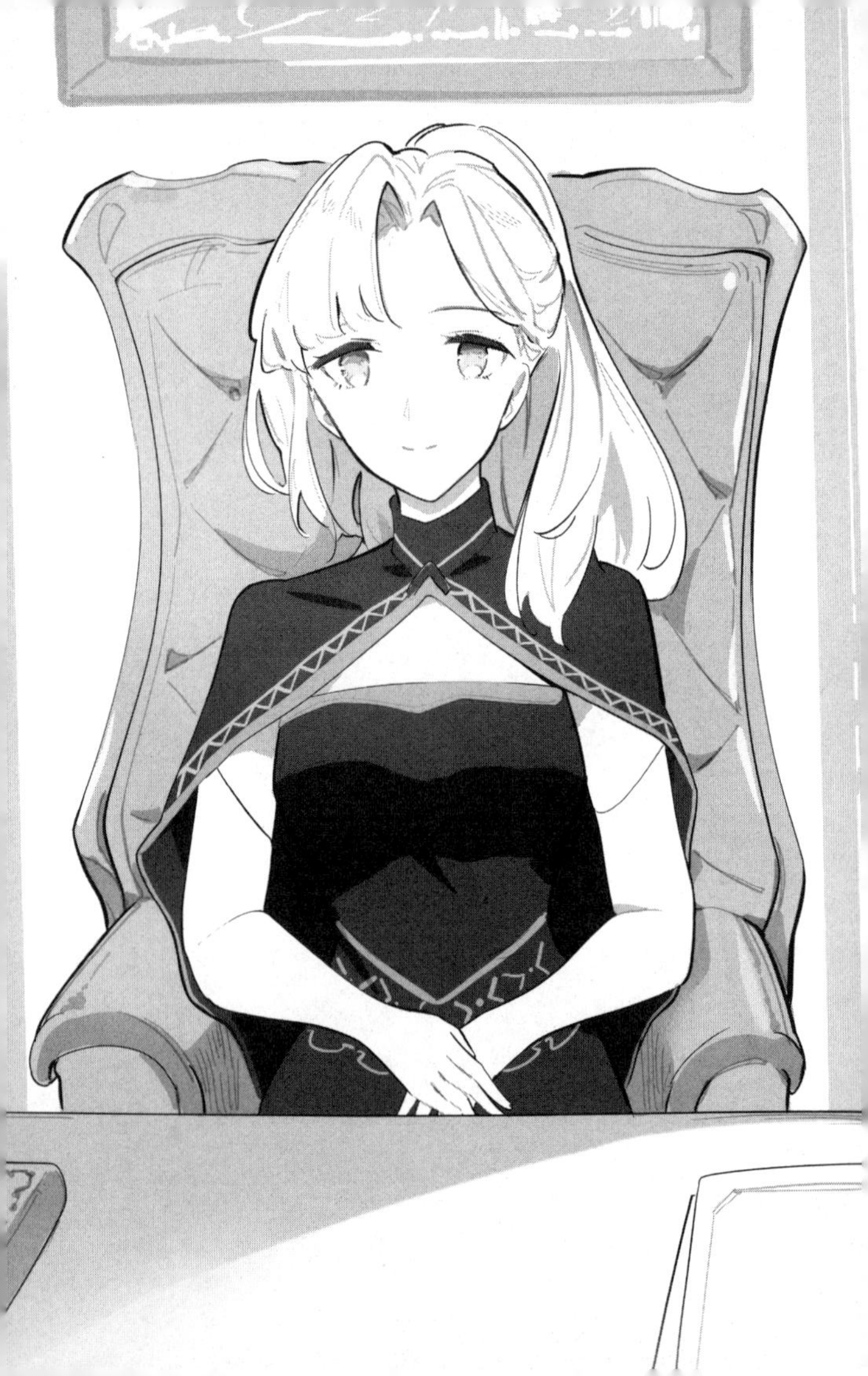

地位にある。なのだが、親父はちっとも指揮せず、基本的に軍を率いると『先頭で突っ込む』ことしかしない。

よくそれで皇帝陛下に叱責されていたと、アイリから聞いている。

もっとも、親父は単騎で敵軍の中に突っ込んでそのまま大将首を上げてしまう。

戦術もくそもないと、参謀の人たちがぼやいているとか。

「本日はどのようなご用件でしょうか？」

俺は目の前の宰相閣下に尋ねた。

「真面目なのですね。外見は似ておりますが、帝の剣《インペリアルソード》様とは随分と違う。ジュウベエ様は、自由奔放なかたなので、てっきりそのご子息もそっくりかと思っておりました」

「親父は……マイペースですから」

ちなみにジュウベエは俺の親父の名前だ。

東の大陸の名付けは、南の大陸とかなり違う。

『ユージン』は、亡くなった俺の母親がつけたらしい。

親父は俺の名前を『ムサシ』にしたかったと聞いたことがある。

……親父には悪いが、母親が名付けてくれて良かったと思う。

そこからしばらくは、雑談が続いた。

（呼び出しておいて、用事はないか？）

俺の考えが表情に出たのかもしれない。

「ところで、ユージン殿」

宰相閣下が意味有りげな視線を向けてきた。

これからが本題だと気づいた。

「貴方《あなた》は、専門《プロ》の『結界魔法士』でお間違いないですか？」

「はい、一応資格は持っています」

意外な言葉だった。

てっきり神獣か、魔王絡みの話と予想していた。

「では、結界魔法士のユージン殿に依頼をしたいことがあります」

「依頼……ですか？」

帝国の宰相様が、学生である俺に？

帝国には熟練の結界魔法士など、いくらでもいるはずだ。

何かしらの裏があるはずだ。

「ええ、その通りです。引き受けてくださいますか？」

「それは……」

普通ならこんな怪しい依頼を受けない。

だが、相手は帝国の最高権力者の一人である宰相閣下だ。

無下に断ると、親父《おやじ》に迷惑がかかるのでは……という懸念があった。

「まずは、依頼内容を伺えますか？」

とりあえず依頼の内容を聞いて決めよう、と思った。

が、宰相閣下はわざとらしく悲しそうに首を横に振った。

「残念ながらこの話は国家機密なのです……。話を聞いたからには必ず引き受けていただきます。ですから、断るのであればこの時点でお願いします」

「…………そうですか」

やっかいだ。俺は少しだけ悩んで、答えた。

「では、謹んで受けさせていただきます。依頼内容を教えていただけますか」

俺は引き受けることにした。

宰相閣下が、俺のような無名の人間を頼ってくださっているのだ。

怪しすぎる依頼だが、光栄であると捉えよう。

「ふふふ、流石《さすが》は帝の剣様《ジュウベエ》のご子息です。そう言ってくださると信じてました」

宰相閣下は、優しく微笑《ほほえ》んだ。

その笑顔は悪巧みをしているようには……見えない。

が、帝国の宰相だ。腹芸などお手の物だろう。

俺は気を緩めずに、言葉を待った。

「では、お話しします。ユージン殿は、帝都の近くに封印されている大魔獣のことは知っていますね？」

「はい、『巨獣ハーゲンティ』。子供の頃は、先生に『悪い子はハーゲンティのところに連れて行くぞ』と脅されたものです」

「えぇ、帝国における恐怖の象徴ですからね。実は……その大魔獣の封印が解けかけているのです」

「え？」

巨獣ハーゲンティが、クリュセ平原に現れたのは約二百年前。

多大な被害を出しながらも当時の帝国が総力を上げ、封印をした。

その後、過去に一度封印が解けかけたことがある。

それが、帝都が半壊したという百年前の災害。

「ユージン殿も知っているでしょう？　『生きた災害』である大魔獣を完全に封印することはできない。封印されている間にも大魔獣の瘴気《しょうき》は溜《た》まり続け、いつか決壊してしまう……。その時期が来たということです」

「巨獣ハーゲンティの封印が解ける……」

伝説の大魔獣。

あまりの重大さに、うまく頭が働かない。

これはたしかに国家機密だ。

「……それで、何をすればよいのでしょうか？」

まさか大魔獣を封印しろとか、言わないよな。

そんなもん『引き受ける』『断る』以前だ。できるわけがない。

「依頼内容はですね。明日に大魔獣の封印がどうなっているのかの調査団が向かう予定がありま す。そちらに同行していただきたいのです」

「調査団に同行……ですか？」

それくらいなら、俺でもできるだろう。

「お願いしますね、ユージン殿」

「わかりました。男に二言はありません。依頼をお受けします」

けど、わざわざ一学生に頼む意味がわからない。

いちいちそれを宰相閣下に尋ねるのは無礼な気がしたが……。

「なぜ、実績のない者に依頼をするのですか？」

「ふふふ、気になりますよね」

俺の問いを予想していたのか、宰相閣下は優雅に微笑んだ。

「実は私は運命魔法……『未来予知』の能力を持っています」

「未来予知!?」

それは……カルディア聖国の巫女《みこ》様と同じ能力。

大陸に一人いるか、いないかの希少能力だ。

「と言っても運命の巫女様ほどの力はありません。私には女神様の御声《おこえ》を聞くこともできませんし……。ですが、皇帝陛下はこの未来予知の能力を期待されて、宰相にまで取り立ててくださいました。私はその期待に応えねばなりません」

そう言う彼女の表情は真剣だった。

「宰相閣下の未来予知によれば、俺が大魔獣の封印の調査に行くべきということですか？」

「数ある未来の一つではあります。しかし、ユージン殿が関わることによって『巨獣ハーゲンティの封印破壊』による被害が減ると予知されました」

「理由はわかりました」

疑問は氷解した。帝国のため、ということなら異存はない。

「ありがとうございます、ユージン殿。依頼報酬については、帝の剣《インペリアルソード》様を通してお渡ししますね」

「はい、それで大丈夫です」

あとで親父にも報告しておかないとな。

俺は宰相閣下の依頼を引き受け、部屋をあとにした。

◇

「おい、ユージン！　宰相ちゃんからの依頼を引き受けたって本当か!?」

家に帰ったあと、珍しく慌てた様子の親父から聞かれた。

「駄目だった？」

「いや……ユージンが自分で決めたことなら別にいいんだが。何か変なことは言ってなかったか？」

「……いや？　特に。未来予知のことくらいかな」

「そうか、ならいい」

もしかすると、未来予知の能力は秘密なのかなと思ったが、どうやら宰相の能力は有名な話らしい。

リュケイオン魔法学園までは、若い宰相の話が届いてなかったが。

「ユージンくん、明日もでかけるの？」

「ごめん、スミレ。仕事が入っちゃって」

「ぶー」

スミレが頬をふくらませる。

帝都を案内するはずが二日続けて用事が入ってしまった。

流石に申し訳ないな、と感じていると。

「スミレちゃんも連れていけばいいだろ」

親父から提案された。

「……いいのか？　極秘の依頼と聞いたけど」

「いいんだよ。どうせ、異世界転生人で炎の神人族《イフリート》のスミレちゃんのほうが、歩く機密なんだから。ユージンと一緒のほうが安全だろ」

「え？」

親父の言葉に、スミレがびっくりした顔をする。俺も驚いた。

「ん？　わかってなかったのか。女神様の教えで、異世界転生人は最優遇にてもてなすこと、となっているからな。帝都の騎士にもスミレちゃんの人相が出回ってるよ。何かトラブルがあればすぐに衛兵がかけつけてくる」

「そういえばマッシオが、そんなことを言っていたな」

そこまで大事になっているとは思わなかったけど。

「えー……私なんかのためにそこまで……いいのかな」

スミレが戸惑っている。

「じゃあ、明日は俺と一緒に大魔獣の調査団に同行しよう。帝の剣《おやじ》の許可も得られたことだし」

「おう、調査団のリーダーは黄金騎士団の騎士長あたりだろ。俺の名前を出せば問題ない」

「助かるよ、親父」

「うむ」

こういう時には、非常にありがたい。

「わかった。やったー、ユージンくんとお出かけだ♪」

「では、お弁当を作っておきますね」

スミレの機嫌が直ったようでよかった。

ハナさんが気を利かせてくれる。

まるで野遊び《ピクニック》に行くかのような気楽さだが、目的は大魔獣の調査。

しかも宰相閣下の直依頼《ちょくいらい》だ。

(気を引き締めていこう)

心の中で、誓った。

◇翌日◇

「行ってきますー」

「行ってくるよ、親父。ハナさん」

「おう、気をつけてな、ユージン。スミレちゃん」

「いってらっしゃいませ、ユージンちゃん、スミレ様」

俺とスミレは、朝食を食べて待ち合わせの帝都の北門へ向かった。

大魔獣の封印されているクリュセ平原は、帝都の北方に広がっている。

北門までは、長足鳥《ほうよろ》という人が乗れる大型の鳥に乗って移動した。

最初は怖がって「えっ！　大き！　怖っ！」と言っていたスミレも、「はやーい!!　ひゃっほー！」とはしゃいでいた。楽しそうでなにより。

北門に到着した時、まだ門番以外の人影はなかった。

大魔獣の封印から洩《も》れ出た瘴気の影響で、クリュセ平原の魔物は強く凶暴だ。

そのため交易路として、クリュセ平原は避けられており北門は常に閑散としている。

俺とスミレは、木陰で調査団を待つことにした。

空いた時間で、俺が剣の素振りを始めると、スミレもぶつぶつと、呪文らしき詠唱を始めた。

ここでスミレの格好に気づく。

「あれ？　スミレの着てるローブって……」

「気づいた？　学園長先生が貸してくれたんだー」

それは魔王との戦い『一〇〇階層の試練』で使っていた、魔法のローブだった。

おそらく売れれば、蒼海《そうかい》連邦の小国がまるごと買えるくらいの価値がある宝具だ。

（学園長……よく国外にそんなものを気軽に出せるな）

呆《あき》れると同時に、俺は帝国へ向かう前に学園長から言われていた言葉を思い出した。

◇

「ユージン。スミレくんがしばらくリュケイオン魔法学園を離れるということは、彼女の監視と護衛を私ができないということだ。その代理は保護者のユージンということになる」

いつになく真剣な表情で学園長が俺に告げた。

にしても監視とは、ずいぶん仰々しい。

「わかりましたユーサー学園長。スミレの護衛は任せてください」

と俺は返事した。

「わかっていないぞ、ユージン。炎の神人族《スミレ》くんが最近どうなっているか気づいていないな？」

「最近ですか？　スミレは毎日、魔法の練習を頑張ってますよ」

ゆっくりとしたものだが、成果も出ている。

ユーサー学園長は、ため息を吐《つ》いた。

「普段、身近過ぎるとユージンでも気づかないか。スミレくんは、異世界に転生してきた当初から魔力《マナ》量が倍以上になっている」

「え？」

その言葉に、驚きつつも納得した。

確かにスミレが纏《まと》う魔力《マナ》は、日々微増しているとは感じていた。

しかし、ほんの数ヶ月で倍も増えるなんて……。

「彼女は古代に滅んだ神人族。……いや、正確には地上に住まうには危険過ぎるため女神が天界で連れ去った者の末裔《まつえい》だ。すでに魔力《マナ》量だけならリュケイオン魔法学園の生徒の中ではダントツだ」

「そこまで……、でも学園長ほどじゃないですよね」

俺は驚きつつも、軽い気持ちで言葉を返した。

が、学園長の表情は真剣なままだった。

「じきに私も抜かれるさ。魔力《マナ》量だけならな」

「学園長も……？」

その言葉に空恐ろしくなる。

俺は、帝国時代を含めて学園長の足元にも及ばない魔法使いにしか出会ったことがない。

スミレがそれを追い抜く？

「忘れるなユージン。スミレくんの精神は、異世界からやってきた女の子のそれだが、スミレくんの肉体には神の力が宿っている。人間の精神に神の肉体は、不釣り合い《アンバランス》だ。スミレくんは優しい良い子だ。だが、肉体に引っ張られて精神が神化してしまったら……。今のところその兆候は全くないが、少なくとも彼女の魔力《マナ》量は日々増えており、すでに人類の上限近くに達している。だから頼んだぞ……、彼女の監視を。大切な相棒なのだろう」

「……わかりました、ユーサー学園長」

俺は真剣に頷《うなず》いた。

◇

そして、現在。

「どうしたの？　ユージンくん。怖い顔してる」

詠唱を中断したスミレが笑顔でこっちを見ている。

いつものスミレだ。

「いや、なんでもないよ。魔法の扱いは上達した？」

俺はいつものように返した。

俺の言葉に、スミレがにっと笑う。

「見ててねー、最近、こんなのを覚えたの」

と言うや。


「××××××××」


スミレがよく聞き取れない言葉を発した。

帝国やリュケイオン魔法学園で使われる南の大陸の標準語ではない。

以前、少しだけ教えてもらったスミレの前の世界の言葉とも違っていた。

(っ!?)

次の瞬間、ぞわりと鳥肌がたった。

以前のように、空中に火花が散ったりしていない。

見た目は何も変わらない。なのに……

(魔力《マナ》が……濃い……息苦しいくらいに……)

魔法学園の第七の封印牢《ふういんろう》とはまた違う圧迫感《プレッシャー》。

第七の封印牢には、魔王や神話生物が封印されている。

そこに引けをとらない魔力《マナ》。

それをたった一人の女の子が創り出した。

「どうかな？　火の精霊と仲良くなったの」

スミレはいつものように微笑《ほほえ》んでいる。

「驚いたよ……、でもその状態で魔法は使わないほうがいいな。魔法が暴走すると危険だ」

「そうかな？　うん、でもユージンくんの言う通りだね。ありがとう……××××××××」

スミレが何かを言うと、濃い魔力《マナ》の空気が霧散した。

背中にびっしょりと汗をかいている。

(事前に、学園長に聞いてなかったらもっと焦ってたな)

ユーサー学園長に感謝しよう。

そして、相棒であるスミレ相手にこんなに動揺してはいけない。

もっと、俺は自分を鍛えないといけないな、と感じた。

一〇〇階層の突破で、喜んでいる場合じゃなかった。

その時、こちらに近づく集団がいることに気づいた。

「ユージンくん、あれって」

「調査団が到着したみたいだな」

挨拶をしようと、俺とスミレは集団のほうへ向かった。

近づきながら集団の様子を確認する。

実戦経験が豊富な、白銀騎士団が十数名。

それを率いるであろう黄金騎士団が数名。

この規模であれば『団』でなく『部隊』だろう。

(隊長に挨拶をしておくか)

黄金騎士の誰かだろうと、俺が当たりをつけていると。

(あれ?)

その後ろから、純白の鎧《よろい》の騎士が姿を現した。

胸には黄金の翼のある獅子《しし》の紋章――『天騎士』の証《あかし》だ。

つい昨日見たばかりだし、なんならその騎士に会ったのも昨日だ。


「…………え？　ユウ!?」

その女騎士が目を丸くしている。

(なんてこった)

宰相閣下は知らなかったのだろうか？　そんなはずはない。
彼女は言っていたじゃないか。未来が予知できると。
いや、調査団の人選が宰相閣下によってなされたのであれば予知すら必要ない。
仕組まれたのだ。
調査団を率いるのは、皇女殿下《おさななじみ》のアイリだった。

三章／スミレは、皇女と出会う

◇スミレの視点◇

太陽の光を受けてキラキラと輝いている美しい金髪《ブロンドヘア》。

青玉《サファイア》のような深蒼《しんそう》の瞳。

絹のような純白の鎧に金の紋章。

まるで絵画のような高貴な雰囲気をまとう女騎士。

いや、彼女は皇女様、つまりはお姫様だから『姫騎士』かな？

そして……

(ユージンくんの幼馴染《おさななじみ》)

聞いた話からきっと綺麗《きれい》な人なんだろうなー、と想像してたけど思った以上の美人さんだった。ユージンくんはアイリ皇女様に振られたから、国外のリュケイオン魔法学園に留学をした。

だから、きっと心中は穏やかじゃないんだろうな、と思っていたんだけど。

「へぇ！　じゃあ、魔道士さんは学園の卒業生なんですね」

「ええ、ユージンくんとスミレくんの先輩ということになりますね」

「迷宮記録《ダンジョン》はいくつですか？」

「ユージンくんと同じ一〇〇階層です。もっとも私の場合は五年かかりましたけど」

「五年……」

「珍しいことじゃありませんよ。一〇〇階層まで到達できない生徒も大勢いるのですから」

「一〇一階層より上は目指さなかったんですか？」

「一〇一階層より上は……魔境です。私なんかではとても。ユージンくんは、本気で上を目指すのですか？」

「スミレと約束しましたから」

「立派ですね。がんばってください」

「ありがとうございます」

ユージンくんは、同じ馬車に乗っている宮廷魔道士さんとの雑談に盛り上がっている。

この人が封印調査の担当魔法使いなんだって。

ユージンくんは、その補助という役目らしい。

そして……

ユージンくんの幼馴染さん――アイリ皇女様は、さっきからちらちらとユージンくんの方を見ている。

たまに私とも目があって、ぱっとお互い目を逸《そ》らす。

(なんだか……聞いていた話と違うなぁ)

魔法剣士になる才能がなかったユージンくんへ興味を失った冷酷なお姫様。

と聞いていたけど、随分とユージンくんと話したそうにしている。

待ち合わせ場所で会った時も、アイリ皇女様はユージンくんへ話しかけようとして隣にいる婚約者さん？　に止められていた。

ベルトルト将軍というイケメンの将校さんだ。

まぁ、恋人が元カレに近づこうとすると止めるよね。

(って、私はユージンくんの彼女だった！)

私だって元カノが彼氏に近づいてきたらもっと嫉妬したほうがいいんだろうけど。

「ユーサー学園長はお元気ですか？」

「元気過ぎますよ。この前は稽古でコテンパンにされました」

「おお！　学園長が直々に稽古とは羨ましい！」

全然、幼馴染さんのほうを見てないし。

どうやらユージンくんは、本当に過去を吹っ切れてるみたい。

「ユージンくんは、大魔獣を見るのは初めてですか？」

「いえ、士官学校時代に何度か。大魔獣が生み出す『黒羊』退治には参加したことがあります」

「あぁ、確かに士官学校生徒の課題となっていますね。黒羊の討伐は」

「最初に見た時はびっくりしましたよ」

「はは、私もです」

ユージンくんが宮廷魔道士さんと会話している時、ふと私のほうを振り向いた。

「スミレは大魔獣を見るのは初めてだから、驚くと思うけど」

「そ、そんなに怖い見た目なの？」

「んー、怖いというか……生き物には見えないというか……」

「表現が難しいですねー」

封印されているから、安全だよって聞いたんだけど。

どんななんだろう？

怖いのは嫌だなぁーと、思っていたら。

「ヒヒヒ――――ン！！！」

馬が大きな鳴き声を上げ。

私たちが乗っていた馬車が「ガタン！」と突然止まった。

「きゃっ！」

「スミレ」

私が前につんのめりそうになるのを、ユージンくんがそっと支えてくれた。

「あ、ありがとう、ユージンくん」

「大魔獣の縄張りに入ったみたいだ」

「そのようですね。馬たちが怯《おび》えて進めなくなっています」

ユージンくんと宮廷魔道士さんの表情が少し、真剣なものになった。

「降りようか、ここからは徒歩だ」

「う、うん」

私はユージンくんに手を引いてもらって馬車を降りる。

そこは見晴らしのよい平原で、ぽつぽつと低木が生えていて整備されておらず、雑草に覆われていた。

遠くに小山がぽつんとそびえている。

人工の建物は何もなく、唯一馬車がなんとか通れる程度の道だけがまっすぐその小山に向かって延びている。

私とユージンくんと宮廷魔道士さんは、その道を歩き、その周囲をアイリ皇女様や将軍さんが指揮する騎士さんたちが囲む。

空にはまばらに雲が広がる良い天気。

草原は鮮やかな緑色で、良い景色なんだけど。
（なんだか不気味……）
どうしてだろうと思い、原因はすぐに気づいた。
生き物の気配がない。
小鳥のさえずりや、虫の鳴き声。
獣の遠吠《とおぼ》えなどが一切しなかった。
私たちは、無言で小道を進んだ。
足音だけが、静寂の中で響く。
しばらく歩いて少し疲れたな、と思った時。
「メエエエエエエエエエエエエエエエエエ！！！」
突然、地面から黒い影が飛び出した。
「『黒羊』が出たわ、対処しなさい」
「「「「はっ！」」」」
アイリ皇女様の短い命令に、周囲の騎士さんたちが素早く行動する。
（な、なにこれ!?）
黒羊と呼ばれるソレは、全身を黒い触手で覆われていた。
頭部には大きな目が四つ。

そして、口からは長い舌がだらりと垂れ下がり、ぼたぼたと唾液が落ちている。

先程から響く不快な鳴き声は、頭部の口からでなく腹部にあるもう一つの大きな口から発せられていた。

「メエエエエエエエエエ！！！」

耳障りな鳴き声が響く。

(う……、気持ち悪い……)

象ほどもある『黒羊』は、黄金騎士団のひとたちに退治された。

「ギャアアアアアアアアアア！！！」

絶叫を響かせ、黒い獣はズシンと倒れた。

黒羊の身体《からだ》が、ジュクジュクと音を立てながら溶けていく。

「近づくなよ、スミレ。触るだけで呪いと毒を受ける」

「ひぇっ！」

私はユージンくんの後ろに隠れた。こ、怖いよう……。

ぎゅっと、ユージンくんの腕をつかむ。

視線を感じて、見回すとアイリ皇女様がこっちをじっと見ていた。

が、私と目が合うと逸らされた。

「進みます」

アイリ皇女様の号令で、再び歩き始める。

途中、何度も『黒羊』が襲ってきたが、その都度騎士さんたちが退治してくれた。

最初は怖かったけれど徐々に慣れる。

私は歩きながら、ユージンくんと宮廷魔道士さんに話しかけた。

「ところでさっきの続きですけど、大魔獣ってどんな姿なんですか？」

私が聞くとユージンくんと宮廷魔道士さんが顔を見合わせた。

あれ？　変なこと言ってないよね。

「ああ、悪いスミレ。きちんと伝えてなかったな」

「スミレさん。大魔獣ハーゲンティはアレですよ。もう見えてます」

「…………へ？」

私は宮廷魔道士さんが指差す方向を見たけど、そこには何もなかった。

平原の中を続く道と、その奥の小山……。山の上に何か魔物がいるのかと思って、目を凝らしたけど何も居ない。

「……………え？　あれ？」

そして、気づく。小山が動いていることに。

「あ、あの山っ……て……」

「あれが巨獣ハーゲンティだよ、スミレ」

「初めて見た時は、私も驚きました」

私は言葉が続かない。

言葉を失っていた。

「俺が昔見た時より、一回り大きくなっている気がしますね」

「そうですね……ここ最近になって急激に巨大化しました。宰相閣下曰《いわ》く、半年以内には封印が破られてもおかしくないと……」

ユージンくんと宮廷魔道士さんの会話が頭に入ってこない。

大魔獣って、あんなに大きいんだ……。

天頂の塔《バベル》の二〇階層で出会った神獣ケルベロスさんや、五〇階層の竜が霞《かす》んで見えた。

歩いていくと、大魔獣を取り囲むように柵が作られた場所にやってきた。

「ここから先は結界魔法が使えるものしか入れません。ユージンくんは、私と一緒に来てください」

「わかりました。スミレ、ここで待っていてもらえるか？」

「うん、気をつけてね。ユージンくん。私の魔力《マナ》は要る？」

ユージンくんは、自分の魔力《マナ》では魔法剣が使えない。

だから私の魔力《マナ》を移したほうが良いと思い、ユージンくんの手を握った。

「いや、今回は調査だけだし大魔獣を刺激しちゃいけないから大丈夫かな」

「でも……さっきの気持ち悪い『黒羊』っていうのが襲ってこないかな？」

「黒羊は大魔獣に近づくと出てこなくなる。大魔獣の身体の一部が剝がれて、生き物になったのが黒羊らしい。本能なのか、黒羊は大魔獣から離れようとする。だから近づくほど出てこなくなるんだ」

「そっか、でも本当に気をつけてね」

「わかってるって」

ぽんぽん、と頭をかるく撫《な》でられた。

「じゃあ、行ってくる」

ユージンくんが、封印の柵の中に入っていった。

宮廷魔道士さんとユージンくんの背中が小さくなっていく。

最初はそれを目で追っていたけど、二人は地面に刺さっている杭《くい》？　のようなものを観察したりなにやら話し込んでいて、かなり時間がかかりそうだった。

ユージンくんの言う通り、柵の中には魔物は出ないみたい。

（時間かかりそうだなー）

と少しぼんやりとしていると。

「ねぇ、貴女《あなた》」

誰かに話しかけられた。

「えっ？　は、はい！」

ユージンくんの幼馴染《おさななじみ》さん――アイリ皇女様がすぐ隣に立っていた。

（うわぁ……、綺麗《きれい》……）

間近で見るとさらにその人形のように整った顔にびっくりする。

「あなたの名前……スミレ……だったかしら」

「はい！　指扇《さしおうぎ》スミレです」

「はじめまして、私はアイリ・アレウス・グレンフレア。少し貴女と話が……」

皇女様が何かを言いかけた時。

「アイリ皇女殿下！　調査が終わったようです！」

黄金騎士さんの一人が告げた。

確かに宮廷魔道士さんがこっちへと戻ってくる。

「そう、調査が終わったならその結果を聞いて……あら？」

アイリ皇女様が首をかしげる。

「あれ？」

私も不思議に思った。

（ユージンくんが戻ってこない……？）

何故《なぜ》かユージンくんが一人で、更に奥へと歩いている。

「ユウ……？」
隣のアイリ皇女様が不安そうな顔をしている。
さっき私と話したそうにしていたことは、すっかり頭にないようだった。
私と皇女様は、ユージンくんの背中を目で追っている。
ぱっと、ユージンくんがこっちを振り向いた。
笑顔で私に手を振っている。
多分、心配するなってことだろうけど。
「…………」
皇女様がすっごい不機嫌になってる!!
（ユージンくん、戻ってきてよー!!）
私の心の声は、届くはずもなかった。

◇ユージンの視点◇

「うーむ……、結界を支える『封魔の支柱』が、思ったよりボロボロになっていますね……」

宮廷魔道士の人は、びっしりと汗を流しながら結界の様子を観察している。

ちなみに俺は道具持ちの手伝いをしている。

「ユージンくん、大魔獣にかなり近づいていますが辛《つら》くないですか?」

「いえ、俺は平気です。貴方《あなた》こそ大丈夫ですか?」

見たところかなり顔色が悪い。

少し休んだほうがいいのでは、と心配になった。

「はぁ……はぁ……、調査はこれくらいにしておきましょう。一ヶ月前に、別の者が調査した時には『半年』は持つ、と言われた封印ですがこれではあと『三ヶ月以内に壊れる』可能性がありますね」

「三ヶ月……」

俺と宮廷魔道士の人は、後ろにそびえる山のような大魔獣を見上げた。

生き物というにはバカバカしいほどの大きさ。

しかし、ゆっくりとその山は胎動している。生き物である証《あかし》だ。

「それにしてもユージンくんは汗一つかいていない。もしかして、もっと近づくことができるのですか?」

「それは……」

少し迷った末、俺は正直に答えることにした。

宮廷魔道士を始め、帝国の高官には気位が高い人が多い。

が、この人にその心配はないだろうと感じた。

「もっと近くまで行けると思います」

「その若さで素晴らしい……、では決して無理をしなくてもいいので、可能な範囲で大魔獣の近くの『封魔の支柱』をこちらの映像保存の魔道具《マジックアイテム》で記録してもらえませんか？」

「わかりました」

俺は頷《うなず》くと、魔道具《マジックアイテム》を受け取った。

その他の荷物は、宮廷魔道士の人にわたす。

少しふらふらとしながら、彼はスミレや黄金騎士団の待っているほうへ戻っていった。

（さて……）

俺は、こちらを見下ろす巨大な黒い山を見上げる。

地鳴りのような音が一定間隔で響く。

それが大魔獣の呼吸だと知った時は、随分驚いた。

ゆっくりと前へと進む。

一歩進むたびに、魔力《マナ》と瘴気《しょうき》が強くなる。

結界魔法がなければ、息もできないだろう。しかし……。

（リュケイオン魔法学園の封印の第七牢《だいななろう》に比べたら……）

幾分マシだった。

あそこは『呪い』『毒』『精神汚染』『瘴気』『幻覚・幻聴』の総出演だ。

こちらは、嵐のような魔力《マナ》と瘴気が吹き荒れているだけだ。

それにさえ耐えればいい。

「それでもそろそろキツイな……」

俺は独りごちた。もう大魔獣の体表が間近だ。

俺は魔道具《マジックアイテム》で、『封魔の支柱』の様子を記録した。

さっきよりも大魔獣に近いためか、ボロボロを通り越して折れかけている。

もはや、封印の役目を果たしていないように思えた。

俺は封印の魔法についてはそこまで詳しいわけではないが、これはもう……。

（あら？　『星の悪腫の獣《スターキャンサービースト》』じゃない？　随分と放置してたのね。こんなに大きくなって）

（エリー？）

久しぶりに、魔王《エリー》の声を聞いた。

帝都に来てからは、まったく話しかけてこなかった。

てっきり、距離のせいで念話が届かないのだと思っていたのだが……。

（なわけないでしょ。ずっと寝てたのよ）

（寝てただけかよ）

（どーせ、ユージンは会いに来てくれないしぃー）

（悪いって、あと十日くらいで帰るから）

（遅いー、帰ってきたら覚悟しなさいよ。絞り尽くしてあげるから♡）

（………………）

少し帰るのが恐ろしい。

が、それよりも気になることが。

（エリーは大魔獣について、詳しいのか？）

（ん？　人族はそんな呼び方をしてるんだっけ？　『星の悪腫の獣《スターキャンサービースト》』は、星の内部を巡る『星脈』に溜《た》まった『瘴気』や『悪性の魔素』が溜まって、仮初の生き物のようになったものね。生きた天災なんて地上の民は呼んでるけど、実は生物じゃないの。にしてもこの子はちょっとと大きすぎるわ）

（ちょっとって、レベルか？　これが）

俺は呆《あき》れた。

（にしても随分と雑な封印魔法ねー。これじゃあ、あと数日で封印が解けちゃうんじゃないかしら）

（……数日？）

いや、それはおかしい。

さっきの宮廷魔道士の人はあと三ヶ月だと言っていた。

けど、素人の俺でもこの封印はもっと早く壊れるような予感がした。
大魔獣に近づいているからこそ、気づいたことだが。
（いいとこ、十日。早ければ七日ってところじゃないかしら）
（間違いないのか？）
（多分ね）
（…………）
そこそこ長い付き合いだから知っている。
エリーの『多分』は、ほぼ正解だ。
天界で女神様に仕えていた時のくせで、口に出す言葉は常に正確になるらしい。
もっとも、堕天使なので『嘘《うそ》』をついたりもするが。
だが、今回のは嘘ではないと感じた。
（これは……とんでもない時に帰ってきたな）
百年前に、帝都を半壊させた伝説の大魔獣。
それが十日以内に、封印を破るという最悪のタイミング。
俺はそれを報告するため、アイリやスミレ、宮廷魔道士さんのもとへ急いだ。

◇

「皇帝陛下！　こちらの映像をご覧ください!!」

宮廷魔道士さんが大仰な身振りで、大魔獣を封印する結界魔法の様子を映し出す。

……ざわ、としたのは皇帝陛下ではなく周囲の貴族や武官だった。

「いけませんね……、『封魔の支柱』が完全に壊れている……。これでは結界魔法を維持できない」

「まずい……、このままでは連鎖的に結界が破壊されてしまう」

「報告と違う！　魔道士たちはなにをやっていたんだ！」

「責任をとらせろ！」

「今はそんなことを言っている場合では……」

広間の人々から戸惑いの声や怒声が聞こえる。

「……それで？　結界はいつまで持つ？」

皇帝陛下は慌てた様子はなく、眉間にシワを寄せて頬杖《ほおづえ》をついている。

「おそらく十日……、それが限界ではないかと」

宮廷魔道士さんの見解は、魔王《エリー》と同じだった。

ちなみにグレンフレア帝国の宮廷魔道士が総出で計算した結果だそうだ。

それを聞いた皇帝陛下が、すくっと立ち上がり声高に言い放った。

「これより大魔獣の対策を最優先事項とする。その他の行事は全て中止にしろ！」

「かしこまりました、陛下」

皇帝の命令に宰相閣下が返事をし、皆も頭を下げた。

が、なかには戸惑っている者もいる。

「お、恐れながら確認いたします。七日後に予定している千回目《ミレニアム》となる建国記念の祝祭も中止でございますか……？　すでに多数の要人が来訪される予定となっております……。聖国カルディアからは運命の巫女《みこ》オリアンヌ様がいらっしゃる予定が……」

「延期しなさい。私が皆様に謝罪の手紙を送ります」

宰相閣下がぴしゃりと言った。

「これより、大魔獣の封印方法についての作戦会議を行う！　参謀本部、関係のある諸侯貴族様各位、および各師団の騎士団長は速やかに大会議室に集まるように！」

「「「「「「はっ！！！」」」」」」

大声を張り上げているのは、帝国軍の元帥だ。

騎士団長たちが、それに答える。

広間が一気にざわつきはじめる。

俺の仕事は終わった。そろそろ退散しようかと思っていると。

「待て」

皇帝陛下の声に、一同が静まる。

陛下が喋《しゃべ》っているときに、

「ユージン・サンタフィールド」

「……は、はい！」

名前を呼ばれ、慌てて返事をする。

「よくやった。男爵位を与える。追加の褒美については、宰相から連絡させよう」

「え？」

お礼の言葉の前に、驚きの声が出てしまった。

「あら？　爵位は決定でございますか？」

皇帝陛下の隣にいた宰相閣下も驚いている。

俺はなんとなく、宰相の反対側にいる親父《おやじ》に視線を向けると「ふわぁ……」とあくびをしていた。

……もう少し息子に興味を持ってくれませんかね。

皇帝陛下は無言で立ち上がり、広間から出ていった。

宰相閣下もそれを追って立ち去る。

「帝の剣様《インペリアルソード》！　会議室へお越しください！」

「はいよ」

親父は軍議に呼ばれるようだ。

今日は帰ってこないかもしれないな、と思った。

ざわざわとした空気で、皆が会議室のほうへ移動していく。

「ユウ」

名前を呼ばれた。

振り返るまでもなく幼馴染《アイリ》だ。

「なんでしょうか？　皇女殿下」

手を胸に当てて一礼する。

「だから！　どうしてそんな他人行儀……、もういいわ。ねぇ、一緒に会議に出てくれない？」

「おれ……自分がですか？」

平民の俺は出席する資格がな……、と思い気づく。

たったいま皇帝陛下に爵位を賜ったのだった。

口頭のみの簡略形式ではあるが、皇帝陛下の発言は絶対だ。

最下級の男爵ではあるが、一応貴族である俺は会議に参加できる。

「アイリ、どういうつもりですか？」

隣のベルトルド将軍が、怒りを抑えた声で尋ねる。

「ベルトルドも見たでしょ？　大魔獣の封印を間近で見たユウの意見は参考になるわ」

「必要ありません！　記録魔法で映像が残っています。それを見れば対策は立てられます」

「それはそうだけど……ねぇ、ユウ。来てほしいの」

「…………それは」

どうしたものか。

スミレを家で待たせているし、予定にないことだ。

気は進まない。

とはいえ、皇女殿下からの『命令』だ。

無下に断るのは……と、少しだけ悩んでいると。

「ユージン。おまえも軍議に参加するのか？」

「おじさま」

「帝の剣《インペリアルソード》様！」

俺たちの会話に割り込んできたのは親父だった。

「スミレを待たせているから、家に戻ろうと思う」

「そうだな、大魔獣の瘴気《しょうき》は離れていても体力を奪う。スミレちゃんの様子を見てあげたほうがいいだろう」

俺の言葉に、親父は賛同してくれた。

「そう……、参加しないのね」

幼馴染《おさなじみ》がしょんぼりとして、去っていった。

「………」

隣のベルなんとか将軍に、睨《にら》まれた。

なんでだ？

あんたは俺に参加してほしくなかったんだろう。

まぁ、いいや。さっさと帰ろうと思っていると。

「ユージンくん！　ありがとうございました。貴方《あなた》のおかげで封印の状況を正確に把握することができました！　手遅れになるところでした!!」

お礼を言いに走ってきたのは、結界魔法の調査に一緒に行った魔道士さんだった。

「いえいえ、お役に立ててよかったです」

「そして……私からもお願いなのですが、ユージンくんも対大魔獣ハーゲンティの再封印・作戦会議に参加してもらえないでしょうか？　勿論《もちろん》、今日でなくても大丈夫です！　これから作戦決行日まで連日作戦会議でしょうし、参加できるタイミングでよいですから、何卒《なにとぞ》！」

魔道士さんから深く頭を下げられた。

これは……先程とは違った意味で断りづらい。

「わかりました。もし俺が役に立てることがあれば呼んでください。参加します」

とだけ答えた。

「ありがとうございます!!　ではユージンさん、帝の剣《インペリアルソード》様！　失礼します！」

魔道士さんは小走りで去っていった。

宮廷魔道士の彼は、今日から眠る暇もないほどの激務になるんだろう。

「じゃあ、俺も会議に出るかぁ～。どうせ、俺は魔法知識がさっぱりだから出ても話の内容もわからんのだがなぁ」

大きく伸びをしながら、親父が背を向けて数歩歩いたところで。

「なぁ、ユージン」

親父が振り返った。

「何だ？　親父」

「せっかく帝都に戻ってきたんだから、一度アイリちゃんと飯でも食いに行けばいいいんじゃないか？」

「え？」

我ながら間の抜けた声がでた。

「ユージンと話したそうにしてただろ、アイリちゃん」

「それは……そうだけど」

もちろん、気づいている。

気づいた上で、避けてしまっていた。

「仲直りしておけよ。会いたくても会えなくなることだってあるんだからな」

「…………わかったよ」

それだけ言うと、親父は軽い足取りで去っていった。

親父が言っているのはきっと『母さん』のことだろう。

俺を生んですぐに死んでしまった母親。

そろそろ母さんの命日だ。

一緒に墓参りに行くのが、俺と親父の毎年恒例の行事だった。

しかし、これから親父を含め帝国軍は大魔獣への対応に追われるはずだ。

墓参りの時間はあるだろうか。

(親父の時間がとれない時は一人で行くしかない、か)

そんなことを考えつつ、俺は帰路についた。

◇

「そっかぁ。じゃあ、しばらくユージンくんのお父さんは帰ってこないんだ？」

その日の夕食は、スミレとハナさんと三人でとることになった。

「多分な。あとごめん、もしかすると大魔獣の封印の作戦会議に呼ばれるかもしれない」

「うん、わかってるよ！　お仕事頑張ってね！」

「悪いな、スミレ」

「いーよ、全然☆」

結局、帝都の案内が全然できていないがスミレは気にすることなく頷《うなず》いてくれた。

「それよりユージンちゃん！　男爵になられたんですね！　おめでとうございます！」

ハナさんが満面の笑みで祝ってくれた。

「ユージンくん、貴族になっちゃんたんだぁ～」

「男爵って言っても……、別に領地も配下もないから今まで通りだよ。強いて言えば、平民じゃ入れないようなお店に入れたり、特別なもてなしを受けられるくらいかな。でも、その分の料金は高いから俺には無理だけど」

結局は、今までとそこまで変わるわけじゃない。

「そっかぁ、でもやっぱり貴族って偉いイメージがあるよ」

「そんなことないよ。それに身分って意味なら、サラのほうがずっと上だぞ。あいつはカルディア聖国の筆頭聖女候補だから。帝国だと侯爵くらいにあたる。皇族と公爵の次の地位だ」

「そういえばサラちゃんって偉いんだよね……。ところでそろそろこっちに来るのかな?」

「連絡がないな。ハナさんは何か聞いてる?」

「いえ、ユージンちゃんのご学友からの連絡は、特に入っておりません」

「来ないのかなぁー」

「学園祭前で、生徒会長は忙しいだろうから」

できればもっと余裕のある時期に呼びたかったが、母の命日がこの時期なので今回はどうしようもなかった。

もし、今回来れなかったら別の時期にもう一度誘おう、と思った。

夕食後は、道場でしばらく剣の修行をした。

スミレは魔法制御の練習。

親父は夜になっても帰ってこなかった。

「おやすみスミレ」

「うん、おやすみ、ユージンくん」

客室で寝るスミレに挨拶をして、俺は自室で横になった。

頭に浮かんだのは、結界が壊れかけている大魔獣のこと。

そして、幼馴染のことだった。

（今さら話って言われてもな……）

昔なら、いくらでも会話が続いた。

アイリは皇帝にどうやったらなれるかをずっとしゃべっていたし、俺は俺でどうやったら親父《おやじ》のような帝の剣《インペリアルソード》になれるかを語っていた。

しかし、『選別試験』によって、俺の夢は潰《つい》えた。

今の俺の目標は『天頂の塔《バベル》』の五〇〇階層へ到達して、スミレを元の世界に戻すこと。

おそらく今でも皇帝を目指している幼馴染と何を話せばいいのか、いくら考えても思いつかず……気がつくと眠りについていた。

◇

「ユージンってどうしてそんな死んだ魚みたいな目をしているの？」

夢を見た。学園に入学してきたばかりの頃の記憶。

『天頂の塔《バベル》』の二階層で生徒会長になる前のサラと、二人部隊《コンビ》を組んで探索していた時の会話だった。

昔のことをずっと考えて眠ったから、こんな夢をみるのかもしれない。

当時は俺とサラは『普通科』で同じクラス。

回復魔法と結界魔法が得意な剣士の俺と。

修道女《シスター》なのに回復魔法より剣が得意なサラ。

という変わり者コンビの探索隊《パーティー》だった。

「死んだ魚はひどいな」

と言いながら、すぐ近くを流れる小川で自分の顔を見るとそこには濁った目の男が映っていた。確かに死んだ魚だ。

幼馴染から逃げるように、リュケイオン魔法学園にやってきて一ヶ月。

俺はまだ立ち直っていなかった。

「角ウサギが出たわ！」

サラの声でこちらに突進してくる小型の魔物の姿を捉える。

俺はそれを避《よ》けずに、ぱしっと角を手で摑《つか》んだ。

「ありがとう、ユージン！　えいっ！」

サラが間髪いれずに、角ウサギにとどめを刺す。

一切悲鳴の上がらない、綺麗《きれい》な一撃だ。

「手慣れてるな」

「カルディア聖国の修道女《シスター》は、家畜を食べてはいけないの。食べて良いのは人々に害をなす魔物だけ。しかも、自分たちで狩った獲物しか食べちゃ駄目なんて無茶だと思わない？おかげで魔物狩りがすっかり得意になっちゃった」

「それは……過酷だな」

「もっとも聖女様になれば、毎日のように会食に呼ばれて御馳走《ごちそう》ばかりって噂《うわさ》。だから私は絶対に聖女になってやるんだから！」

サラはカルディア聖国の最高指導者『八人の聖女』の候補の一人らしい。

「聖女候補生ってもっと大人しいイメージだったよ」

俺が言うとサラは、意味有りげに微笑《ほほえ》んだ。

「そうよ。修道女《シスター》は、許可なく口を開いてはいけない。歩く姿勢、座る姿勢、寝る姿勢まで全て聖典に書かれている通りに行動しなければならない。ユージンも一度聖国に来てみればいいわ。修道士全員がまったく同じ表情で話しかけてくるから。笑顔の作り方すら決められているもの」

「恐ろしいな。聖国の修道院は」

帝国軍よりも規律に厳しそうだ。

「そ、だから魔法学園は監視の目もないし、のびのびできるわ」

んー、と身体《からだ》を伸ばすサラ。

俺はそんなサラを羨ましく思っていた。

「ほら！　地元でなにがあったのか知らないけど、身体動かせば嫌なこと忘れるわよ！」

ぱん！っと肩を叩《たた》かれる。

隊を組んでいた当初、俺は自分の話をあまりしなかった。

サラは何も聞いてこないのが、ありがたかった。

「ああ……ありがとう」

一年の頃は、随分サラに元気づけられた。

それを久しぶりに思い出した。

今となっては『英雄科』の聖騎士《パラディン》にして生徒会長。

リュケイオン魔法学園で、一番注目を集めている生徒の一人だ。

その振る舞いには完全無欠を求められる。

聖女候補としては、正しいのだろうけど素のサラにとっては窮屈だろう。

(帝国に来れば、一時だけでも昔みたいにのびのびできるかな……)

ぼんやりとそんなことを考えながら、目を覚ました。

カーテンの隙間から、太陽の光が差し込んでいる。

今日は寝すぎてしまった。

大魔獣の間近に迫ったことで、俺も体力を奪われていたらしい。
寝ぼけ眼に飛び込んできた景色に、俺は戸惑った。
(あれ？…………………サラ？)
眼《め》の前にサラの整った寝顔がある。
長い髪が俺の眼の前を流れていた。
まだ、夢を見ているんだろうか。
しかし、どう見てもここは俺の自室だ。
そして夢にしては景色がはっきりしている。
トタトタトタ、というこちらに近づく足音が響く。
トントトン、というノックのあと。
「おはようー、ユージンくん。寝坊なんて珍し…………………え？」
ドアを開けたスミレが固まった。
同じ布団に入っている俺とサラを見て。
「な、な、な、な、…………なん……で？　ユージンくん！！！」
「ま、待ってくれ！　俺も何がなんだかっ！」
スミレの魔力《マナ》が猛烈な勢いで高まる。
次の瞬間にも爆発しそうだ。

「ふわぁ……、あれ？　ユージンを起こしにきたのに一緒に寝ちゃった☆」

サラが目を覚ました。よくみると旅着のままだ。

つまり、さっき俺の家に到着をしたらしい。

そして、ハナさんに俺を起こすように言われたのだろう。

「サラちゃん！　裏切り者！　泥棒猫！」

「ちょっとくらい、いいでしょ！　スミレちゃんだってユージンに夜這《よば》いかけたんでしょ」

「かけてないよ！　抜け駆け禁止って言ったじゃん！」

「……え？　本当になんにもしてないの？」

「……信じてなかったの？」

「うん」

「「……」」

スミレがサラを睨《にら》んでいる。それは仕方ない。

サラは聖女候補なんだから、とりあえず人を信じてくれ。

……いや、聖女候補だからか？

カルディ聖国の『八人の聖女』様は、曲者揃《くせものぞろ》いだと帝国軍ではもっぱらの噂だし。

「サラ、遠いところ来てくれてありがとう」

俺は二人の間に割って入った。

「遅くなってごめんね、ユージン。それでお父様はどちら!?　ユージンを聖国に婿入りさせる許可を頂かなくちゃ」

「落ち着けサラ。親父はしばらく仕事が忙しいから帰ってこれない」

「えぇー、そうなの？」

「サラちゃんー？　ちょっと、表に出ようか？」

「スミレちゃんの手が燃えてない!?　ちょっと、それで私に触らないで！　熱っ！」

一気に騒がしくなった。

◇

それから二日ほど。俺はスミレとサラを、帝都の中へ案内した。

途中、大魔獣の再封印と結界魔法に関する会議へ呼ばれるかもしれないと思っていたが、帝国軍からの呼び出しはなかった。

もっとも俺が得意な結界魔法は、あくまで対個人用。

大魔獣のような大規模な結界魔法については、扱えないし実戦経験もない。

宮廷魔道士さんにはそれを伝えてある。

（このまま呼ばれることはないかもな……）

ほっとした反面、祖国の危機に微力でも協力できるかも、と思っていた分少し落胆した。

三日目の朝。

少し疲れ気味の親父が、家に戻ってきた。

服は着替えている。

ずっと泊まり込みで、軍の会議に出ていたらしい。

「おつかれ、親父。今日は家に居るのか？」

初対面のサラを紹介しないとと思っての質問だった。

が、返答は意外なものだった。

「ユージン、これから母さんの墓参りにいくぞ」

四章／ユージンは、墓参りへ行く

──聖原ライラ。
それが俺の母の名前だ。もっとも俺は母と会話をしたことはない。
俺が〇歳、つまりは生まれてすぐに体調を崩して亡くなった。
身体の弱い女性だったらしい。
外見は、親父《おやじ》が記録魔法で紙に記録している画像で見たことがある。
それを再記録《コピー》したものをリュケイオン魔法学園の俺の寮の机に飾ってある。
お守りのようなものだ。
俺にとって母という存在は、絵本の中の架空の人物のようなものだった。
実在の人物としてのイメージはピンとこない。

◇

「この絵に描かれているのがユージンのお母様？」

「ああ、そうだよ」

一年以上前。

サラと隊《コンビ》を組んでいた時。俺の部屋で迷宮《ダンジョン》攻略の作戦を立てていた時、サラに聞かれて俺は頷《うなず》いた。

「綺麗な黒髪に黒瞳……。きっと東の大陸の出身の人ね」

「うーん、母は旅をしていて親父の故郷に立ち寄った時に親父に見初められたらしいから、出身地はわからないな」

「そう……。いつかユージンの故郷へ行ってみたいわ」

「東の大陸は、戦争ばっかりで住めたもんじゃないよ。やめておいたほうがいい」

俺の言葉に、「そうだったわね」と言ってサラがわずかに表情を曇らせた。

「最後に平和だったのが五百年前に剣聖様が、一時的に戦争を終わらせた時だったかしら？」

「そう言われてる。俺の家系は剣聖様の子孫らしいけど。名字も違うからな。正直怪しい」

「伝説の剣聖様……『ジーク・ウォーカー』。人族とエルフの半血《ハーフ》だったたって聞くけど……、ユージンはどう見ても人族よね」

「親父の見た目もな。ま、見た目よりも剣聖の子孫を名乗るのに重要なのは剣の強さだ」

「ユージンの弐天円鳴流。なんていうか……実戦的過ぎるのよね。相手を『殺す』ことに特化し過ぎているというか……」

「戦乱の中で生き延びるための剣だからな」

「ユージンの魔法は癒やしと守りに特化しているのに……皮肉ね」

「………」

「ちょっとぉ、落ち込まないの！　ほら、迷宮《ダンジョン》攻略の作戦の続き」

「サラが斬って、俺が回復と囮《おとり》。それでいこう」

「もう！　毎回一緒じゃない！」

そんな会話の記憶が、頭に浮かんだ。

◇一年後◇

「この肖像画ってだーれ？　綺麗《きれい》なひとー」

「俺の母さんだよ。俺が生まれてすぐに亡くなったから、この絵しかないんだ」

つい最近。俺の部屋に来たスミレにも、同じように聞かれた。

「へぇ～、長い黒髪でおしとやかそうで……ん～？」

ここでスミレが微妙な表情になった。

「どうかした？　スミレ」

「なんだか少しだけサラちゃんに似てるかも」

「そ、そうか？」

言われてみると、優しげな表情で微笑《ほほえ》むその絵と『生徒会長』モードのサラは少し似ているかもしれない。

ただ、サラは俺の前では遠慮なく、ぐいぐい迫ってくるためあまりそのイメージはなかった。

「そっかぁ……サラちゃんはユージンくんのお母さんに似てるのか……」

「スミレ、別にそんなことないと思うぞ？」

腕組みをして考え込んでいるスミレの肩を叩《たた》く。

母とは実際に会話をしたことがないのだから、どんな人だったかは想像するしかない。

親父いわく「いい女だった」としか言わないので、全然イメージが摑《つか》めない。

「私も髪の毛を伸ばそうかなー」

「スミレは今の髪が似合ってるよ」

「ほんとぉ？」

「本当だよ」

スミレには今のボブショートの髪型が似合っていると思う。

探索者は、髪が短いほうが一般的だ。

探索中の手入れが楽だし、戦闘でも邪魔にならないから。
サラの髪が長いのは、聖女候補のためとか宗教上の理由だったはず。
「んー……？　むー」
スミレは、俺の母の絵とにらめっこをしている。
（サラと母さんが似ている……か）
考えたこともなかった。言われてみると、似てなくもない。
まぁ、俺は母に会ったことがない。だから比較のしようもない。
そんなことを、その時は考えていたと思う。

◇

「ここに来るのは一年ぶりだな」
親父が呟《つぶや》いた。
――帝国共同墓地。
俺たちは、帝都の外れにある共同墓地へとやってきた。
広大な敷地にずらりと墓石が並ぶ。その中の一つに母の墓所がある。
もっとも遺灰は、東の大陸にある故郷の本当の墓所に埋葬されている。

こちらには形見の衣服や装飾品を収めてあるだけだ。

あまりの広さに区画ごとにＮｏ《ナンバー》が振られている。

母の墓石があるのは、区画『Ｎｏ．57』。

リュケイオン魔法学園に留学する前は毎年来ていたから、場所ははっきりと記憶している。だから親父に付いていくうちに、すぐにおかしなことに気づいた。

「親父？　こっちじゃないだろ？」

俺は早足で歩く親父に声をかけた。

「いいんだ。今日はこっちで合ってる」

「…………？」

明らかにいつもと向かう場所が違っているが、それで正しいらしい。

俺は不思議に思いながらもついていった。

共同墓所の奥には森が広がっている。

確か向こうは皇族や貴族など、身分の高い人々の墓所のはずだ。

森の周囲には柵と結界魔法が張ってあり、墓所に埋葬された高価な装飾品や宝石を狙う盗人《ぬすっと》を防いでいる。唯一の入り口には、二名の衛兵が番をしている。

「止まれ！　ここから先は立ち入り禁止だ！」

入り口に近づくと、一人の衛兵から止められた。

「許可証は持ってるよ」

親父が捺印《なついん》された紙を衛兵に見せる。

「見せてみろ……宰相閣下直々のご捺印。……本物か？」

衛兵の人は訝《いぶか》しげに、じろじろと親父と俺を見る。

「怪しいな……、用件を言え！」

もう片方の衛兵も俺たちを怪しんでいるようだ。

てか、親父の顔ってあんまり知られてないのかな。

帝の剣《インペリアルソード》って、かなり偉いはずなんだけど。

「それは個人的な用件なので言えないが……、許可証があるのに通さないと？」

「そうだ！　ここは歴代皇帝陛下の墓所もある神聖な場所。怪しげな輩《やから》を通す訳にはいかぬ！」

「ほう……そうかい、そうかい」

親父が薄く笑いながら、目を細めた。気がつくと、手が刀の柄《つか》にかかっている。

「お、おい、親父」

「貴様！」

「歯向かう気か！」

何をする気だ、という言葉と衛兵二人が剣を抜くのは同時だった。

……シャン
小さな音が耳に届く。

……ガシャン、ガシャン、ガシャン、ガシャン、ガシャン、ガシャン
「「……え？」」

衛兵たちの着ていた鎧《よろい》が、バラバラになって地面に落ちた。

持っていた剣も、真っ二つに斬られている。親父が得意とする、抜刀術だ。

（太刀筋がまったく見えなかった……）

目に映ったのは刀を抜く前と、最後にしまうところだけだった。

俺も学園で怠けていたわけじゃないんだが……。未《いま》だに親父の域には程遠い。

「おい、何事だ」

奥の詰め所にいたのか、別の衛兵がやってきた。

身につけているものから、二人の上長だろうか。

「隊長！　こいつが我らに攻撃を！」

「応援を呼んでください！　逮捕しなければ」

「なに！……貴様は…………なっ!?」

やってきた隊長と呼ばれた衛兵さんが、目を丸くする。

「帝の剣《インペリアルソード》の……ジュウベエ様ですよね？」

「…………………へ？」

どうやら隊長の人は、親父《おやじ》の顔と肩書を知っている人だった。

「帝《インペリアル》の剣《ソード》様がどうしてこんな場所へ？」

「個人的な用事でね。入れてもらえないかい？」

「それは……帝《インペリアル》の剣《ソード》様であっても、許可証を持たぬ者は入れません」

「許可証は持っているよ。こちらの二人に見せたのだけど、怪しい者だから通せないと言われてね」

「…………っ!!」

隊長さんが、じろりと二人の衛兵を睨《にら》む。二人の衛兵は、気まずそうに目を逸《そ》らした。

隊長の人は、部下からひったくるように許可証を見て、大きくため息を吐《つ》いた。

「許可証は問題ありません。お返しします。どうぞお通りください。この二人の処罰は……」

「ああー、いいよいいよ。気にしてないから」

ひらひらと手を振って、親父は門を抜けていった。俺は軽く会釈をして、それに続いた。

暗い森の中をゆっくりと進む。

さわさわ、と風が吹くたびに木の葉が揺れている。

チチチ……と、小鳥のさえずりが聞こえる中を歩いて行く。

歩きながら、俺は親父に話しかけた。

「さっきの衛兵、いきなり斬ることはないだろ、親父」

「もし我々が盗賊であったならあの二人は死んでいた。そう思わないか？　ユージン」

「それは……まあ」

確かに俺たちを怪しいやつ、という割にあっさりと剣の届く範囲に入っていた。

実に隙だらけだった。

「これでちっとは危機感を持ってくれるといいな」

「じゃあ、そのために？」

「いや、なんとなく斬りたかっただけだ」

「…………やっぱりか」

いつもの親父だった。

とりあえず斬ったあとに、適当な理由をでっちあげるのだ。

そのあとも、しばらく森の中を進んだ。

「ついたぞ、ユージン」親父が立ち止まる。

「ここは……？」

目の前にあったのは、森の中にある小さな教会だった。

親父が教会に近づき、ドアを押した。

……ギィ、という音を立てて扉を開く。

中は無人であったが、手入れがされてあるのか埃《ほこり》ひとつなかった。

薄暗い教会内の正面には、大きな女神様の彫像がこちらを見下ろしていた。

女神様の手にあるのは、大きな懐中時計。

(運命の女神イリア様の教会？)

帝国で主に信仰されているのは、大女神アルテナ様と火の女神ソール様。

もっとも、運命の女神様は南の大陸全体で広く信仰されているため教会があってもおかしくない。けども。

「親父が信仰しているのは大女神アルテナ様じゃなかったっけ？」

東の大陸から移住して、帝国に仕えるようになった時に改宗をしたはずだ。

俺も同じくアルテナ様を信仰している。

「いいんだ。今回は」

そう言いながら親父は、女神様の彫像の前に見たことのない魔道具《マジックアイテム》を置いていく。

魔道具《マジックアイテム》と共に並べられているのは、高い魔力《マナ》を放つ魔石の数々。

おそらく一つ百万Gは下らないような高価な魔石だ。

親父は魔法の知識はほとんどないはずなのに……。

迷いなく複雑な並びに魔石と魔道具《マジックアイテム》を並べている。

俺はその並べ方を、リュケイオン魔法学園で教わったことがあった。

「親父、それってもしかして『召喚魔法』じゃないか？」

「よく知っているな、ユージン」

振り返らず、親父は肯定した。

……コトン、と魔石が置かれる。

それが最後だったようだ。

「ユージン、祈るぞ」

親父が女神様の彫像に向かって、跪《ひざまず》いた。

「…………」

何に？　と思ったが親父の有無を言わさぬ声に、俺は何も聞かなかった。

両手を組み、運命の女神の彫像へ祈りを捧《ささ》げる。

そして、……おそらく十分以上が経過した。

親父は何も言わない。教会内は、静寂が支配している。

（いつまでこうしているんだ……？）

そう思った時だった。

「え？」

運命の女神の彫像の前に並べられた、魔道具《マジックアイテム》と魔石が黄金に輝きはじめる。

（召喚魔法が……発動している？）

召喚魔法は複雑な魔法だ。親父は魔法に詳しくない。

そもそも、呪文すら唱えていない。

回復魔法と結界魔法しか使えないが、俺も魔法使いの端くれ。

どうすれば魔法が発動するかくらいは、原理を知っている。

魔石と魔道具《マジックアイテム》で魔法陣を作り、十分以上の祈りを捧げることが発動条件なんて魔法は聞いたことがない。

しかし、目の前ではすでに召喚魔法が発動している。

百万Gはする魔石が、光の塵《ちり》となって次々に崩れていく。

（一体何を……召喚《よ》んだんだ？）

全ての魔石がなくなった時、魔法陣から眩《まばゆ》い光を放つ小柄な女性の人影が浮かび上がった。それは、人間離れした均整の取れた容姿をもち。

息が詰まるほどの魔力《マナ》と威圧《プレッシャー》を放ち。

思わず跪きそうになるほど、神聖な空気《オーラ》を纏《まと》っていた。

そして、その雰囲気に俺は覚えがあった。

もっとも、見れば一目瞭然だ。

彼女の背中には、純白の翼が生えているのだから。

『天頂の塔《バベル》』の一〇〇階層と、リュケイオン魔法学園の『第七の封印牢《ふういんろう》』。

過去に二人、俺は同じ種族の者と出会っている。

「天使様……」

それは天界にて女神様へ仕える天使だった。

「…………」

親父は何も言わない。なぜ、天使様を召喚する必要があったのか？

俺は親父の説明を待ったが、何も言われなかった。

「…………」

代わりに、召喚された天使様がゆっくりと瞳を開く。

その目は、太陽のように明るい橙《だいだい》色だった。目が合うだけで、身体《からだ》が強張《こわば》った。

何か言うべきだろうか？

天使様と視線が合ったその時。

「ユージンー！！！！　こんなに大きくなってー!!　母さん嬉《うれ》しいわ！！！！」

一瞬で俺の目の前に移動した天使様が、気づく間もなく俺を抱きしめていた。

「……………………………は？」

頭が混乱する。今この天使《ひと》になんて言われた？

思考が断線《ショート》していると、親父がやっと口を開いた。

「ユージン、お前は初めて話すと思うが……。お、前、の、母、さ、ん、の、ライラだ」

「……えっ!?……いや……え？」

驚き過ぎて、言葉が出てこない。

そもそも目の前で俺を抱きしめる天使様の魔力《マナ》は、神獣ケルベロスや魔王エリーニュスに匹敵するような魔力《マナ》なのだ。

そんな天使様から抱きしめられ、息をすることすらやっとの状況。

「もうー、ユージンってば母さんに出会えて感動で言葉も出ないのね？　いっぱい甘えていいのよ☆」

脳がパンクしている。小柄な天使様に、頭をワシャワシャと撫《な》でられる。

思考が正常に戻るまで、しばらくかかった。

「えっと……本当に母さん……なのか？」

真っ白な頭をなんとか落ち着かせ、俺は尋ねた。

「そうよ、ユージン」

ニコニコと天使様《かあさん》がこたえる。身長は俺の胸元くらい。かなりの小柄だ。

見た目は十二〜三歳くらいにしか見えない。華奢《きゃしゃ》な肩幅は、完全に子供のそれだ。

肩にかからないくらいの、綺麗《きれい》に整った淡い金髪。童顔に大きな橙《オレンジ》の瞳。

それでいて息が詰まるほどの魔力《マナ》と闘気《オーラ》。

とてつもなくアンバランスな存在だった。

聞きたいことは山のようにあったが、最初に気になったのは。

「親父に教えてもらった外見と全然違うんだけど……」

実家にも飾ってある母さんの記録魔法で描かれた肖像画。

あちらは大人びた雰囲気の長い黒髪の女性だった。

「あー、あれね。天使は霊体だからこの姿で地上で活動できないの。私がジュウくんと出会ったのは、地上での調査活動用の『義体』ね」

「……ぎ、ぎたい？」

「ま、精巧に作られた魔法人形ってところかしら。人間との差分は〇・〇〇〇〇一％以下だから、ほぼ人間よ」

「……は、はぁ」

よくわからないが、絵画でみた母さんは仮の姿で、天使《こっち》が本当の姿ということらしい。

そしたら、次の疑問が浮かぶ。

「そもそも何で、天使である母さんが地上に？」

わざわざ人に似せた人形まで作って。

「ふっ……、よくぞ聞いてくれたわユージン！　私たち天使は来る日も来る日も、女神様の雑用と地上の監視。それはそれでやりがいのある仕事なんだけど……それを不憫《ふびん》に思った運命の女神様《イリア》が、天使たちにこうおっしゃったの！『あなたたちの中で地上に行ってみたい人いない？』ってね！」

「それに立候補したのが母さんだったと？」

「そうよ！　地上に降りるなんて『堕天』するくらいしか方法がないから地上を自由に旅できるなんて夢のようだったわ……」

うっとりと母さんが何かを思い出すように宙を見つめた。

「でもよりによって戦争ばっかりの東の大陸に降りることになったのはついてなかったな」

親父《おやじ》が言った。

「何言ってるのよ。だからジュウくんと出会えたんでしょ☆」

親父の名前が『ジュウベエ』なのでジュウくんらしい。

そんな呼び方をする人は初めて会ったが。

「まぁ、おかげでライラと会えたから運命の女神様には感謝しないとな」

「もう～、格好つけちゃって！　ユージンの前だからって。いつもみたいにもっと甘えていいのに」

「お、おい！　くっつき過ぎだろう。ユージンが見てるぞ」

「いいじゃない♡　夫婦仲が良いのは、いいことよ☆」

（おお……親父が照れている）

帝国で多くの女性に言い寄られても、いつも流していた親父が。

やっぱりずっと母さんのことを一途《いちず》に思い続けていたんだな、と思うとなんだか嬉しくなった。ただ……

（見た目は四十過ぎの中年と、十二歳くらいの少女がイチャイチャしてる……）

なんだろう。犯罪っぽい……というか、十五歳が成人の帝国では立派な犯罪となる絵柄だ。

そしてその会話を聞いていて疑問が生まれた。

「親父が母さんと頻繁に会ってたのか？　だったら教えてくれたら良いのに」

俺は拗《す》ねたように言った。実際、俺だけが知らなかったのは、すこし寂しい。

俺の言葉に、二人の表情が曇った。

「それは本当に悪かったと思ってる。ただ、母さんいわく神界規定ってのがあって、親子と言えど天界の天使と地上の人間を会わせることはできなかったらしいんだ」

「ごめんね、ユージン。寂しい思いをさせて……。私も本当はずっと会いたかったの。でもジュウくんとだって会えるのは一年に一回だし……」

「一年に一回……そうだったのか」

夫婦が会えるのが一年に一回は厳しいな。そりゃ水入らずで、話したいだろう。

その時、母さんの顔がぱっと明るくなる。

「でもね、ユージン！　今回は天界の女神様たちがユージンの活躍をご覧になっていたの！　ユージンのこと褒めてたわよ～。私の自慢の息子だって言ったら大喜びしてたわ。だから私も堂々と会えるようになったってわけ！」

「女神様が⁉」

母さんの言葉に驚いた。

「なんせ神獣ケルベロスくんをやっつけたんですもの！　天界でも噂《うわさ》になってたわよ」

「俺が天界で噂に……？」

あまりのことにピンとこない。女神様が俺のことを褒めてくださるとか……。

「でもね……、私はユージンには謝らないといけないことがあるの」

母さんの顔が悲しげなものになった。

「な、なに、急に？」

母さんの表情はころころ変わって忙しい。

「お前の体質のことだ」

「体質……？　俺が白魔力《マナ》しかないこと？」

親父の言葉に、俺は質問を返した。

「ええ、それなんだけど……多分、天使《わたし》の遺伝よ。天使の魔力《マナ》は他者を傷つけられないように制約がかかっているの。だから敵と戦う時は、天使専用の武器を使う必要があるわ。私の場合はこれね」

ふわっと、宙に白い槍《やり》が浮かび上がった。

装飾もないシンプルな槍だ。

が、その槍身《そうしん》からはサラが持っている聖剣以上の魔力《マナ》を感じた。

「あれ？　でも母さんは、俺を生んだ時には人間とほぼかわらない義体だったんじゃ」

だったら天使の体質が遺伝するのはおかしくないだろうか。

「俺もそう思っていたんだが……、どうやら義体に入っていた母さんの天使の魔力《マナ》が遺伝してしまったらしくてな……」

「ごめんなさいね……ユージン。天使と人間の子供ってほとんど前例がないから、原因究明に時間がかかって」

親父と母さんが俺に頭を下げて謝った。

「いいよ、気にしてないから」

俺は言った。二年前なら……もしかしたらもっと不貞腐《ふてくさ》れていたかもしれない。

けど、この体質のおかげでリュケイオン魔法学園に通うことになり。

サラと出会って、スミレと天頂の塔《バベル》を目指すことになった。

帝国で親父に並ぶ魔法剣士になる夢は叶《かな》わなかったが、今の自分を俺は嫌いではない。

「ありがとう……立派な息子に育ってくれて」

「やっぱり旅をさせるもんだな。ユージンは漢《おとこ》の顔になった」

母さんに抱きしめられ、親父に髪をくしゃくしゃと撫でられた。

扱いは完全に子供《ガキ》相手のそれだったけど、嫌じゃなかった。

その時、母さんの表情が怪訝《けげん》なものになった。

「母さん？」「んー？」

まるで犬のように鼻を俺の身体に寄せている。

「あれ？　ねぇユージン。あなたから別の天使の匂いがするんだけど……」

「え？」

ぎくりとする。そう言われてぱっと思い出したのは、とある『堕天使』だった。

が、おれは別の天使の名前を出した。

「えっと、天頂の塔《バベル》の一〇〇階層で話した天使のリータさんかな？」

「へぇ！　ユージンは母さん以外の天使とも会ってるのか。さすがは最終迷宮《ラストダンジョン》だな」

親父は感心したような反応だったが、母さんの表情は険しいままだ。

「いえ……若天使のリータちゃんの魔力《マナ》とは違うわね。もっと熟練《ベテラン》の天使よ……、多分私と同じか少し若いくらい……」

「あーあ、もうバレちゃったかー。ライラ先輩久しぶりー☆」


小さな教会内に声が響いた。この声は……。

「魔王《エリー》？」「あんた……まさかエリーニュス!?」

俺の声と母さんの声が被《かぶ》る。

「なぁ、ユージン。この声っておまえが一〇〇階層で戦ったあの『堕天の王』なのか？」

「あ、あぁ……そうだよ」

「へぇ、もっと怖い声を想像してたよ」

親父はのん気に感想を述べている。

「でも、なんでエリーの声がするんだ？」

「そりゃ、ライラ先輩が地上に降臨してる気配がしたから、後輩としては挨拶しておかなかきゃ」

「こ、後輩？」

「天使学校時代の後輩よ。私は調査とか監視用の天使で、エリーが戦闘担当だったから何度かコンビで魔界調査に行ったりしたんだけど……、まさか『堕天』するなんて！　女神

様に申し訳ないと思わないの!!」

　母さんが怒鳴った。てか、天使の学校とかあるんだ。知らなかった。

「だって木の女神《フレイヤ》が我儘《わがまま》すぎだし。あんな職場にいつまでもいれないわよ」

「まぁ……木の女神《フレイヤ》様は少しご面倒な性格をされてるから……」

「そーいえばライラ先輩って、配属は水の女神《エイル》様のとこじゃなかったっけ?」

「異動になったのよ。それに水の女神様のところは仕事がなくて暇なのよねー。エイル様ってほとんど仕事を持って帰らないから」

「いいなー楽な職場で。私もそっちなら堕天しなかったのに」

「というか、そろそろ天界に戻ってきなさいよ。千年間封印されて、堕天の罪は償えたんじゃないの?」

「地上が居心地いいんでまだしばらく堕天してますー」

「……あんたね。若い天使が真似《まね》するからやめなさいよ」

　ゆるい会話が繰り広げられている。どうやら母さんとエリーはかなり親しかったらしい。

　親父は「やっぱライラ母さんはすげーなぁー。魔王や女神様とも会ってるのかー」と素直に感心している様子だった。

　が、俺はエリーが余計なことを言うんじゃないかと気が気じゃなかった。

　悪いことに、話題がそっちへ移った。

「そういえば、どうしてユージンの身体《からだ》からエリーの匂いがするの？　一〇〇階層で試練の相手をしたくらいじゃ、こうはならないわよ。ユージンに変な呪いでもかけたんじゃないでしょうね!?」

「そんなことしないですって、ライラ先輩☆　まぁ、ユージンとは週に一回……」

慌ててその会話に割り込んだ。

「母さん！　エリーはリュケイオン魔法学園の『第七の封印牢《ふういんろう》』で幽閉されてるんだ。俺は学園の生物部として様子を見たり、食べ物を差し入れてるからエリーの瘴気《しょうき》が移ったんだと思うよ」

俺はもっともらしい説明をした。うそは言っていない。

「んー、そうなの？　エリーに変なことされてない？」

「だ、大丈夫だって」

実際は『身体の契約』……というかかなり爛《ただ》れた関係なのだが、親父《おやじ》と母さんに説明するのは抵抗があった。というか、できればバレたくない。

童貞《はじめて》を魔王《エリー》に奪われたとは。

「まぁ、ユージンがそういうなら……」

母さんは納得してくれたようだった。

「ユージンは魔王のことをエリーって呼んでるんだな。親しいのか？」

天然な親父が、ぽつりと何気なく呟《つぶや》いた。

「……ん？　そういえばエリーって呼んでたのは女神様とか相当気を許した相手だけだったような……」

まずい！　母さんが、再び何かを疑っている。

何か誤魔化したほうがいいかな、と迷っていると。

「あー、そろそろ通信魔法の時間切れかも。じゃあ、あとは家族でごゆっくりー☆」

そう言ってエリーの声は聞こえなくなった。

「相変わらずね、あの子は……」

母さんが大きくため息を吐《つ》く。

「学園は楽しそうだな、ユージン」

親父は何も疑っていないようだった。大雑把な性格で助かった。

その親父の表情が、真剣なものになった。

「ユージン」

「なに？」

「本題なんだが……」

親父の声のトーンが変わった。

「本題？」

母さんに会いに来たんだろう？　他に用事なんてあるのか。

が、母さんはピンときているようだった。

「あー、天界から見てたから私も言っておきたかったのよ……あの件ね。あと数日でしょ？」

その言葉で俺も気づいた。

「ユージン、これは機密情報だからここだけの話にしてほしいのだが……大魔獣ハーゲンティ、その再封印が恐らく失敗する」

「…………え？」

親父が重々しい口調で、その事実を告げた。

「大魔獣ハーゲンティの再封印に……失敗する？」

俺は親父の言葉を無意識に繰り返していた。

いつもへらへらしている親父とは思えない、真剣な表情だった。

「で、でも……百年前には封印できたんだろ？」

俺は戸惑いながらも質問した。

「ああ、その通りだ。そして、今回も同じやり方で封印を行う計画だったんだが……運命魔法では何度やっても失敗の未来しか映らないらしい」

「まさか……」

帝国軍の魔法研究室は大陸最大だ。その規模はリュケイオン魔法学園をゆうにしのいでいる。魔法技術は、日々進化している。

百年前の魔法使いたちにできたことが、現代の魔法使いにできないとは思えない。

「ま、理由はいくつかあるわね」

母さんが「ぴっ！」と指を立てる。

「ライラ、教えてくれないか？　正直、宮廷魔道士からはお手上げだと聞いてる」

「母さんは封印方法を知っているのか？」

俺と親父の視線が、小柄な天使《かあ》さんへ向く。

「今の星の獣《ハーゲンティ》は、大きく育ち過ぎたのよ。本来は、定期的に暴れさせて『瘴気』を抜かないといけないのにガチガチの結界魔法で封印を施しちゃったでしょ？　だから瘴気が抜けなくて大魔獣が百年前の二倍くらいの大きさになってる」

「二倍？」「それは」

百年前の方法がうまくいかないはずだ。

「そもそも二人は『星の悪腫の獣《スターキャンサービースト》』がどうして生まれるか知ってる？」

逆に質問をされて、俺と親父は顔を見合わせた。

そもそも星の悪腫の獣《スターキャンサービースト》という言葉が聞き慣れない。

どうやら天界では、大魔獣のことをそう呼ぶらしい。

「いや」「全然」

俺と親父は、首を横に振る。

大魔獣の危険さは知っているが、その誕生などは謎とされている。

二百年前からクリュセ平原を縄張りとしているという話が伝わっているだけだ。

母さんが語り始めた。

「世界には『星脈』……と呼ばれるものがある。いってみれば星の血管ね。それは星の隅々に魔力《マナ》を行き届かせているわ。そして、ごく一部の場所で『魔力溜《マナだ》まり』が発生することがある。『正』の魔力《マナ》溜まりを地上の民は『聖域』とか『生命の泉』と呼んでいるわね。……ちょうど、皇居の中に隠されているやつよ」

「え？」

俺が驚いて親父を見る。

「……ああ、確かにある。皇族と一部の者しか知らされていない最重要機密だが」

親父は難しい顔をして頷《うなず》いた。

「『生命の泉』からは地上の民が『霊薬《エリクサー》』と呼んでいる回復薬が湧き出ている。グレンフレア帝国はこれを利用して、大陸最強の軍団を維持してきた。……でもね、うまい話には落とし穴があるものよ」

母さんの言葉に、親父が眉間に皺《しわ》を寄せて頷いた。

「『生命の泉』の水を汲《く》むほど、『負』の魔力《マナ》溜まりである大魔獣の瘴気も溜まっていく……」

「そう。『星脈』はただの自然エネルギー。正《プラス》と負《マイナス》はゼロになる。なのに先代の皇帝は、無限の資源だと勘違いして無尽蔵に『生命の泉』を使いすぎたわね。おかげで、帝国内の回復魔法使いはまったく育っていないうえに、大魔獣がどんどん育ってしまった」

「ああ、大陸統一のための戦力増強を急いだせいだな。おかげで回復魔法使いや結界魔法使いは割を食ってる。……まさにユージンのような」

「そう……だったのか」

俺の知っている帝国では攻撃魔法を使える者に価値があり、支援魔法の価値は低かった。特にその価値観を疑ったことはなかった。そういう理由だったのか。

母さんの言葉は続く。

「ま、でも最悪なのは封印の作戦内容ね。ねぇ、ユージン、百年前の大魔獣の封印方法を言ってもらえる？」

「えっと……、確か百人の魔法使いが命を懸けて封印をしたとしか……」

帝都を半壊させた大魔獣の猛攻を防ぐため、当時帝国で最も強かった魔法使い百人が命を落としてやっと封印ができたとされている。

百人の魔法使いは、その偉業を讃《たた》えられ帝国の教科書にも必ず名前が載っている。

母さんは俺の言葉に頷き、ゆっくりと口を開いた。

「……生贄術。それを使ったのよ」

天使が、腕組みをして難しい顔をしたままそれを口にした。

「いけにえ……え？」

俺は耳を疑った。

生贄術《いけにえじゅつ》――それは自分の寿命と引き換えに、一時的に莫大《ばくだい》な魔力《マナ》を得る方法。

しかし、術師は命を失う。それ故に禁呪。

グレンフレア帝国、神聖同盟、蒼海《そうかい》連邦に属する全ての国々で禁止されている。

破ったものには重大な罰が処される。

「この事実は、帝国史でも隠されているな。俺も知ったのはつい最近だ」

親父がぽつりと言った。

皇帝の片腕である『帝の剣《インペリアルソード》』にも伏せられていた秘密。

俺が知らないはずだ。

「生贄術を禁止しているのは女神教会……つまりは運命の女神様の教えなんだけど……。百年前は例外ね。あのときは、ああするしかなかった。あそこで大魔獣を止められなければ帝都の民が滅んでいたかもしれない」

「でもどうして今回はうまくいかないんだ？　母さん」

　百年前の偉業が、禁呪を使ったものだと知って動揺しながら俺は質問した。

「ジュウくん。今回の再封印に際して、三百人の生贄を用意している。そうね？」

「なっ!?」

「…………」

　俺は驚きの声をあげたが、親父は表情を変えずに小さく頷いた。

「……それは、いいのか？」

「他に方法がない……と聞いている」

　親父は苦しげに呟いた。

「そうね。運命の女神様の見立てでも同じよ。今の帝国の戦力で、ここまで育ってしまった星の魔獣を止めることはできない」

　母さんの声は冷たいとすら感じた。

　ここで疑問を口にする。

「でも、だったら成功しないのはおかしいだろ、母さん。三百人の魔法使いが生贄術を使うなら封印できるはずじゃ……」

「三百人の生贄は、全員『死刑囚』よ。魔法使いとは別に、生贄として用意された囚人たち」

「…………」

俺は絶句した。そしてゆっくりと状況を理解する。

「それは……生贄術として成立するのか？」

「一応するわ。『生命《アニマ》』を『魔力《マナ》』エネルギーに変換するのが生贄術の基本原理だから。ただね……同じ生贄術だとしても百年前の命がけで帝都を守ろうとした魔法使いたちと、無理やり生贄にされる死刑囚では得られる『魔力《マナ》』の質が違う。どっちが粗悪であるかは……言うまでもないわね」

「やはりそこが問題か……」

親父《おやじ》は予想通りだったというように呻《うめ》く。

「あとは封印の手順だけど。大魔獣を再封印するには。

①古い封印結界魔法を解く

②大魔獣を暴れさせて『瘴気《しょうき》』を消費させる

③新しい封印結界魔法で再封印する

この流れね。②の被害を抑えるには『囮《おとり》』が必要なんだけど」

「その問題点は理解している。魔力《マナ》の弱い囚人では囮の役目は果たせないだろうと」

「百年前は、当時の帝国で魔法使いたちの指導者だったものが、囮の役割をしていたわ。

もちろん彼は……生贄となった百人の魔法使いの最初の犠牲者だった」

「俺が囮役をやろうと申し出たのだが……、皇帝と宰相ちゃんに反対されたよ」

「親父!?」

俺は驚いて振り返る。

「ユージン、別に死ぬ気だったわけじゃないぞ？　弐天円鳴流には『魔力斬《マナぎ》り』や『受流し』の剣技がある。それを使えば大魔獣の相手をできると思ったんだが……」

「無理でしょうね。ジュウくんは所持魔力《マナ》が少ない。大魔獣はより魔力《マナ》の高いものに反応する。なにより大魔獣は本能的に悟るんじゃないかしら。帝国一の魔法剣士に手を出すのは『危ない』って。囮としては致命的よ」

「そうか……宰相ちゃんにも同じことを言われたよ」

親父ががっくりと肩をおとした。ここで母さんが、少し目を泳がせた。

「ところでジュウくん。さっきから登場してる帝国の若い宰相の女の子のことだけど」

「え、いや……それは」

「ま、いいわ。子供の前でする話じゃないし」

「……その話はあとにしよう」

「ん？　何の話？」

「「なんでもない」」

俺は母さんと親父の顔を見比べたが、二人はそれ以上この話題には触れなかった。

宰相閣下がどうかしたんだろうか？

「私から言えるのは一つね。大魔獣の再封印は帝国だけでやろうとせず、カルディア聖国や蒼海連邦にも協力を仰いだほうがいいわ。一国で対応するには手が余るから」

「わかっちゃいるんだが……、皇帝《あいつ》は気位《プライド》が高いからなぁー」

親父が頭をかく。

「言ってる場合じゃないでしょ！　あと数日で星の魔獣の結界魔法は壊れるのよ！」

「俺から進言するよ。おそらくもう連絡はしていると思うが」

「東の大陸ほどじゃないにしても、南の大陸も国家間の連携が悪いわね……。もうすぐ大魔王が復活するっていうのに」

「耳が痛いよ。人同士が争っている場合じゃないのにな」

俺は親父と母さんの会話を聞いていて、つい口を挟んだ。

「なあ、俺も何か協力できないかな？」

「ん？　ユージンが？」

「何を言ってるのよ、ユージン」

「さっきの『囮』の話だけど、魔法使いの俺ならできるんじゃないか？」

「おいおい、ユージン。魔法っつってもお前の本領は剣士だろ」

「………駄目よ。魔法使いだからジュウくんよりは魔力《マナ》があるけど、魔力《マナ》の量が他の人より格段に多いってわけじゃない。星の魔獣の囮には不十分よ」

親父は俺の言葉を冗談と思ったのか、本気にしていないようだった。

が、母さんは少し言葉を選んでいる雰囲気がある。

(隠しごとができないタイプなのかも……)

俺は思いついたことを口にした。

「俺が炎の神人族《スミレ》から魔力《マナ》をもらったら、『囮』になれるんじゃないか？」

スミレなら無限の魔力《マナ》がある。

そして、俺はスミレとの魔力連結《マナリンク》で魔力《マナ》をもらうことができる。

「そうか。確かにそれなら」

「駄目よ！！！！」

親父が感心した声を出すのを、母さんの大声がかき消した。

「ライラ？」

「母さん？」

「危険だから駄目！　絶対に駄目!!　そんなの許さないわよ！」

「……そうだな、ユージン。おまえがそこまで背負い込む必要はない。お前はまだ学生なんだから」

「帝国法では成人してる」

「ほら、そろそろ帰りなさい。家でスミレちゃんとサラちゃんが待っているんでしょ？」

俺の言葉はわざと無視され、母さんに背中を叩《たた》かれた。

「でも、もう少し母さんと話が……」

「大丈夫よ！　また会えるから。いつでもってわけじゃないけど。運命の女神様の教会かつ、『霊気《エーテル》』が外に洩《も》れ出ないような結界を張ってもらえれば、ユージンが通う学園でも会話くらいならできるわ」

「俺じゃ難しそうだな」

俺の結界魔法の効果範囲は狭い。

二人分がせいぜいだ。

建物全体を覆えるほどの結界魔法、かつ天使の気配を隠す魔法の使い手。

もしかして……学園長ならいけるか？　借りを作るのは怖いけど。

「ユージン、俺はもう少し大魔獣の封印方法についてライラと話があるから」

「わかった。先に戻っておくよ」

俺は後ろ髪を引かれつつ、教会から出ようとして。

「あっ！　待ってユージン！」

母さんが俺のほうに飛んできた。

「どうかし……」

振り向いた時、目の前に母さんが迫っていて何もする間もなくそのまま抱きつかれた。

小柄な母さんに頭をぎゅっと、抱きしめられる。

「大きくなったわ、本当に。天界で仕事の合間にずっと見てたのよ、ユージン……」

「母さん……」

俺は少しだけ迷った末、母さんの小さな背中に手を回した。

小柄なはずの母さんの背中は、なぜか大きく感じた。

「ごめんね、ずっと会えなくて。寂しい思いをさせたわ……」

「…………」

俺は……寂しかったのだろうか？

物心ついた時から、母がいないのが当たり前だった。

自分の母はどんな人だろう、というのは幼い頃によく考えていた。

士官学校の同級生たちの両親の話を聞いた時は、少し羨ましかったかもしれない。

俺には母との思い出がなかったから。けど……。

「また、話しに来るよ。母さん」

会えるのは一年に一度でも、教会経由なら会話はできるんだから。

それが嬉《うれ》しかった。

「ええ、いつでもいらっしゃい。……仕事が忙しくなければゆっくり話せるから」

「わかった。じゃあ、先に帰るよ。親父、母さん」

俺は両親に手を振って、先に教会を出た。

そのまま森の中を抜け、家へと向かった。

（まだ、頭が追いつかないな……）

まさか、母さんと会えるとは思っていなかった。

俺はなんとも言えないような、幸せな気持ちで家に戻った。

◇

「今日もユージンのお父様は戻ってこないの？」

サラが不服そうに唇を尖《とが》らせる。

午前はスミレと一緒に、帝都見物をしていたらしい。

「ま、しょうがないよー、サラちゃん」

スミレは、温かいお茶をすすっている。

台所では「トントン……」というハナさんが料理をする音が聞こえる。

俺はと言うと……、まだぼんやりとしていた。

が、ずっとそのままではいけない。

サラとスミレには言わないといけないことがある。

「サラ、スミレ。話があるんだ」

「結婚してくれるの？」

「サラちゃん気が早いから。まず婚約でしょ？」

俺が二人に声をかけると、そんな答えが返ってきた。

「真剣な話なんだが……」

「あら、私は真剣よ？　ユージン」

「そうだよ、真面目に言ってるよユージンくん」

二人の目が本気過ぎて怖い。

「わ、わかった。でも、その話は今度で……実は帝都が危険に晒《さら》されるかもしれない。サラは着いたばっかりで悪いんだが、二人には帝都を離れてもらったほうがいいと思う」

大魔獣の封印の件は、宰相閣下が極秘だと言っていた。

だからカルディア聖国の出身であるサラには、その辺を隠して伝えることになるのだが
しかし。

言い方が難しい。

「ああ、大魔獣ハーゲンティの件ね」

サラはあっさりとその情報を口にした。

「えっ？　サラちゃんどうして知ってるの？」

スミレが言ったわけではないらしい。

「運命の巫女《みこ》様から、通信魔法で連絡があったの。帝都に行くなら気をつけなさいって」

「聖国にはとっくにバレてるってことか……」

天使の母さんが知ってるんだ。

運命の女神様が把握していないはずがない。

「だったら」

「私は帰らないわよ。もし、大魔獣の封印が解かれたら多くの人々が危険に晒されるわ。

それがわかっているのに先に逃げ出すなんて聖女失格だもの」

「私も残るよ。自分の身くらいは守れるくらい魔法も使えるようになったし」

サラとスミレは、迷いなく答えた。

「それでも……」

危険だ、と言おうとして止《や》めた。

二人の真《ま》っ直《す》ぐな目は、こう訴えていた。


――私たちは相棒でしょ？

（余計な気遣いだった）

「じゃあ、みんなで帝都に残ろう。俺は下級貴族になったから大魔獣の再封印の作戦に呼ばれる可能性がある。もし、有事が発生して帝都の民に危険が迫るようなことがあればサラとスミレは、民の避難を手伝ってくれ」

「ええ、任せてユージン」

「わかったよ、ユージンくん！」

二人が力強く頷《うなず》く。

（ただ、俺は本当に軍の作戦に呼ばれるのだろうか？）

調査を一緒に行った宮廷魔道士の人は、用があれば声をかけると言っていたがあのあと音沙汰がない。

もっともさっき親父《おやじ》に聞いた通り、未《いま》だに参謀本部でも作戦が決定していないようだ。

運命魔法の未来予知で失敗するとわかっている作戦を決行するわけにはいかないだろうし。

もし呼ばれなければ、サラやスミレと一緒に民の避難に協力しよう。

そう考えていた時だった。

「ユージン・サンタフィールド殿は、おられるか!!」

大声で名前を呼ばれた。玄関のほうからだ。

（やっとか）

きっと宮廷魔道士さんからの呼び出しに違いない。

出ていこうとするハナさんを制して、俺は呼ばれた方へむかった。

名指しなのだがら、俺が直接行ったほうが手っ取り早い。

玄関で、直立不動で立っていたのは黒鉄騎士だった。

俺の顔を見ると、さっと胸に手を当てて小さく頭を下げる。

俺も同じようにそれに倣った。

「俺がユージンです。何のご用でしょう？」

対大魔獣の作戦会議をしているエインヘヤル宮殿への呼び出しとばかり思っていたのだけど。

「アイリ皇女殿下がお呼びです！　外に馬車を待たせてあります！　これからお時間をいただけないでしょうか!!」

（この時機《タイミング》で？）

呼び出し相手は、俺の幼馴染《おさななじみ》だった。

閑話／皇女アイリ

◇アイリの視点◇

グレンフレア帝国、第七皇女アイリ・アレウス・グレンフレア。

今でこそ帝国内で名前が知られているけど、私が生まれた時の私の皇位継承順位は下から数えたほうが早かった。

身分の高くない母。その子である私も決して優遇された立場ではなかった。

幼い頃から皇女として厳しく躾《しつ》けられ、将来は属国の王子の后《きさき》として嫁ぐことになる、と母からは言われていた。特にそれを疑問に思っていなかった。

ある時、まだ皇太子だった父が、皇位継承争いで暗殺されそうになる事件があった。

他国への視察中にハグレ竜に襲われる事故にみせかける、という暗殺計画。

それを救ったのが東の大陸の戦乱から逃れて、子連れで傭兵《ようへい》をしていた『聖原ジュウベエ』——のちの帝の剣《インペリアルソード》様。

なんでもその傭兵は、刀一本で竜を斬り捨てたらしい。

父はすぐに自分の護衛としてジュウベエ様を雇った。

皇太子《ちち》の護衛になったジュウベエ様が連れていた子供。

それが、私の幼馴染のユウ――ユージン聖原。

ユウは私と同じ帝国士官学校の初等部に入学して、そこで出会った。

初対面の時、私はユウに勝負を挑んでコテンパンにされたのをよく覚えている。

それ以来、ユウのお父様に私も押しかけ弟子入りして一緒に剣を学んでいる。

同い年だったこともあり、私たちはすぐに親しくなった。

ユウはいつも剣の訓練をしていた。皇族教育の一環として、私も剣の扱いはできる。

でもユウの剣の訓練は、私の知るものとは一線を画していた。ある時私は尋ねた。

「ねぇ、ユウ。どうしてそんなに修行するの？」

素振りをしながら、ユウは答えた。

「俺には『剣《これ》』しかないからさ」

「これしか……？　どういう意味？」

「俺が生まれた国は東の大陸ではもう滅んでないし、母さんは俺が○歳の時に死んじゃったし……。あと親父にはいつも言われてるんだ。『親父《おれ》が死んだら、お前を守れるのはお前だけだ』って。弱いやつは生きていけないんだよ」

「そ……」

私は絶句する。その時のユウは八歳。

まさかそんな考えで剣の訓練をしてたなんて。

「できれば親父みたいに強くなって、自分以外の誰かを守れるようにもなりたいけどね」

ユウが、自分の父親を目標にしているのは昔からのことだった。

「じゃあ、私も守ってくれるの？」

ついそんなことを聞いてしまう。

「ああ、もっと強くなったらね」

「もう十分に強いじゃない」

私は未だにユウから一本取れるのは、五十回勝負をして一、二回だけ。

「駄目だよ。今の俺じゃ、アイリを守れるほど強くない。もっと修行しないと。強くなってアイリを守るよ」

「……そ、そう」

たぶん、天然なあいつは何気なくいった言葉なんだろうけど。

私はその時に心を奪われたのだと思う。

それが私の――初恋だった。

それからも度々、父上は暗殺者に狙われたがユウの父様が全て返り討ちにしていた。

暗殺者に辟易《へきえき》とした父上は、自分の子供を全て軍の士官学校の寮へ住まわせた。

寮内は不審者は入ってきづらいし、帝国軍が皇帝陛下の直属組織のため皇位継承争いに巻き込まれる心配がないという父上の配慮だった。

士官学校の訓練は厳しかったけど、皇女として教育されるより楽しかった。

軍では皇女も貴族も平民もなく、平等に扱われる規則だからだ。

……もっともそれは建前で、やはり皇族や貴族を中心に派閥はできあがっていた。

私の周りにはそれほど人はおらず、当初は心細いものだった。

もちろん人前で弱音を吐いたことなんてなかったけど。

皇位継承権の低い私のところに、他の皇族や大貴族の者が因縁をつけてくることも少なくなかった。

「やあ、アイリ殿。相変わらず君の周りには人が少ないね。どうだい、お互いの従者に決闘をさせて、負けたほうが従うというのは」

「……なっ!?　急にそんなことをっ！」

士官学校でよくつけられた因縁だ。

「おやおや、グレンフレア皇家で決闘に応じない腰抜けがいたとは」

「くっ……！」

おそらく本気で『決闘』を申し込んだわけではない。

断ることを見越したただの挑発だ。けど……。

「じゃあ、相手は俺がしますね。そちらは何人ですか？」

「……なんだぁ、貴様は？」

「ユージン・サンタフィールド。アイリの友人ですよ」

毎回、ユウが割り込んでくれる。

「士官学校に入ったばかりの若造が一人で相手をするというのか！　後悔するぞ！」

「まあまぁ、やってみればわかりますよ」

「どこの者かしらんが、二度と生意気な口を利けなくしてやる。決闘場へ来い！」

「ちょ、ちょっと、ユウってば。勝てるの？」

「ああ、大丈夫だよ」

ユウは余裕の態度だ。

「「「……」」」

因縁をつけてきた相手と、その周りの従者たちが睨《にら》んでくる。

私たちを逃さないように取り囲まれ、年上の士官学校の先輩たちとの決闘。

こちらはユウ一人だけ。相手は五名。

ハラハラとしながら、私はその様子を見守った。

「いくぞ！　生意気なガキが！」

「よろしくおねがいします、先輩」

ユウよりも一回り大きな剣士が大きく振りかぶる。

まだ小柄で……ただ落ち着いた態度のユウが、ゆったりと模擬刀を構える。

結果は。

勝ち抜き戦を行い――ユウは相手に剣を触れさせることすらなく勝利した。

「………」

因縁をつけてきた皇族の男が、真っ青になっている。

仮にも決闘をして『敗者は勝者に従う』と約束してしまったからだ。

決闘には立会人もおり、約束事は公開される。

「じゃあ、あなたは今後私に従うってわけね」

精一杯の虚勢を張って私は、男に言い放つ。

「………わ、わかった。約束は守る」

こうして一つの派閥が、私のもとにくだった。こんなことが何回あったかわからない。

もっともそれを成し遂げた本人は、勝利すら興味ないように素振りを始める。

「ねぇ、ユウ。決闘に勝ったあとにどうして、まだ訓練してるの?」

「んー、なんかさっきの勝負はイマイチだったなと思って」

圧勝してたのにこれだ。ヒュン、と風を切る剣先は私の目に映らない。

（本当に楽しそうに剣を振るなぁ）

出会った頃からまったく変わらない。

「そんなに修行してどうするのよ」

何回もした質問。ユウがなんて答えるのかは、よく知ってる。

ただ、ユウの口から聞きたくて聞いてるだけ。

「そりゃ、アイリを守らなきゃいけないからさ」

「〜〜〜〜っ！」

このキザ男！　私はニヤけそうになるのを必死で抑える。

皇女は人前でだらしない顔をしてはいけない。

私はいつまでも剣を振っている幼馴染の手を摑《つか》んで引っ張った。

「ほら、いつまで素振りしてるの、ユウ。そろそろ寮に帰るわよ」

「決闘場は広いから円鳴流の技の練習にちょうどいいんだよなー」

「決闘場は修行の場所じゃないって、前も先生に怒られたでしょ。家に道場があるじゃない」

「家だとすぐ親父《おやじ》が勝負しようぜ！って邪魔してくるんだよ」

「……あの人も大概大人げないわよね」

ユウのお父様は、ユウに輪をかけた剣好きの変人だ。

でもユウは、そんな父親を目標にしている。

やがて父が皇帝と成って、私の取り巻く環境や周りの目が大きく変わったけど、ユウの態度は変わらなかった。

いつだって私のそばにいてくれたし。

何かあれば、私のために剣を振るってくれた。

……それがずっと嬉《うれ》しかった。


――二年前の女神教会での『選別試験』。


あの日のことを、私は忘れたことがない。

私の幼馴染《おさななじみ》のユウが、『白魔力《マナ》』だけの……攻撃力が、ゼロの、欠陥剣士になってしまった。

あれほど剣が好きだった彼が。

「……ねぇ、ユウ。そろそろ帰ろ？」

「…………………………あぁ……うん」

選別試験のあとのユウは、まるで魂が抜けてしまったみたいだった。

ぼんやりと宙を見たまま、ぼうっとしている。

ユウとは幼い頃からの付き合いだけど、こんな姿は初めてだった。

（な、なんとかしなきゃ！　私が）

そう思った。ずっと助けられてきたから。

今度は私が助けなきゃいけない。

私はすぐに皇帝に成った父上に会いに行った。

父はユウの『選別試験』の結果を既に知っていた。

「で、どうしたい？　アイリ」

開口一番の皇帝陛下《ちち》のセリフだ。

『選別試験』の結果がわかれば、私はユウと婚約をする予定だった。

ユウとそう約束していた。父上にだって許可を得ていた。

皇帝である父をもつ私と、帝の剣《インペリアルソード》の息子であるユウ。

士官学校では、次席と首席。父上からの期待も大きかったと思う。

「婚約は認めるぞ。ユージンは、帝の剣《あいつ》の息子だ。昔から知っているし信用できる男だ。

ただ……皇位継承権はやや不利になるな」

父は淡々と事実を口にした。グレンフレア帝国は武官を重んじる。

ユウのように、白魔力《マナ》しか持たないものは軍では出世が難しい。

「アイリが成人をしたからには、皇族の義務として婚約者を付ける必要がある。お前への婚約希望者は既に数十人来ている。帝国内外からな。もしユージンを選ばないなら、この中から好きなのを選んでいいぞ」

　どさりと紙の束を渡された。

　そこには帝国の大貴族の息子や、蒼海《そうかい》連邦の王子の名前がある。

　どれにも興味なかった。

「父上、もし私がユウと婚約すればどうなりますか？」

「そうだな……、『七色』の才《アビリティ》があるアイリは、黒鉄騎士団の騎士隊長に任命される。その後、騎士団長までは約束されている。ユージンは『回復魔法』と『結界魔法』しか使えぬから青銅騎士団だな。おそらく辺境の属国へ出向き、三年から五年の兵役になる」

「そんな……！　せめて私と同じ隊に入れることは……」

「先々代皇帝からの慣習で、帝国での回復魔法使いの立場は低い。帝国は霊薬《エリクサー》を好きなだけ作成できるからな。結界魔法使いは『大魔獣』の封印監視くらいしかやることがない。ここ百年以上、他国からの侵略はうけていない。……皇帝《オレ》の権限で無理やりに所属を変えることはできるが」

「だったらっ！」

「周りからはいい目を向けられぬだろう。アイリはともかく、ユージンはそれを望んでいるのか？」

「そ、それは……」

私は言い返せなかった。父上の権威を借りて、ユージンの所属を無理やり私と同じにして。

私のおまけのような扱いをされることを、ユウは望むだろうか。

結局考えた末、私は父上に何も頼まなかった。

(私が皇帝になって、帝国を変えよう！)

もともと私は父上のように武力で大陸統一をするという野望はなく、平和だけど強い帝国を目指すという目標があった。

それを『ユージンのように回復魔法や結界魔法を得意とする者』でも、活躍できる国にするという目標へと変えた。

幸い私の才《アビリティ》は、百年に一人と言われる『七色』の才能。

きっと、兄様や姉様にも負けないはず。自分の代で血なまぐさい皇位継承争いがあった父上は、私たち兄弟には平等な機会を与えた。

『帝国により多く貢献した者を次の皇帝とする。ただし、他の者を害する行為をした者は即継承権を剝奪する』というルール。

だから兄妹間での争いは少なく、皆帝国のために競争をした。

最初はうまくいっていた。

騎士隊長、騎士団長、師団長を経て、将軍職である『天騎士』へと上り詰めた。

皇位継承権の第一位も、見えてくると思っていた。

でも、最近は思わしくない。理由は、はっきりしている。

私の幼馴染のユウは……、もはや私の助けなんていらないほどの名声を手にした。

女神様の試練『最終迷宮《ラストダンジョン》』天頂の塔《バベル》で、神獣の首を落とし。

あの伝説の魔王エリーニュスすら退けた。

帝国内では、「帝の剣《インペリアルソード》様のご子息はいつ戻られるのか？」というのがもっぱらの噂《うわさ》だ。

ユウがリュケイオン魔法学園に留学をしたという話が広まった時は「帝の剣《インペリアルソード》様の息子と言えど、才《アビリティ》無しでは……」とバカにしていた連中が……。

もうユウにとって私は過去の存在なのだろう。

リュケイオン魔法学園に新しい恋人までいる。

久しぶりに会ったのに、あいつはずっとよそよそしくて。

距離を置こう、と言ったのは確かに私からだから。仕方がない。

でも、どうしてもあいつと話をしたかった。

だから強引だったけど、皇女からの命令というていで呼び出した。

もうじき現れるはずだ。

急な呼び出しだったから、すぐにはこれないかもしれない。

けど、律儀な男だからきっと来てくれる。

（でも……私は……。今さら何をユウと話せばいいんだろう）

私はじっと、あいつが来るのを待ち続けた。

◇ユージンの視点◇

（やばっ……、遅くなった）

突然の呼び出しではあったが、俺は幼馴染《アイリ》が待っている場所へと急いだ。

遅くなった理由は目的地へ向かう途中に、先日の大魔獣調査で同行した宮廷魔術師の人と出会ったためだ。

何でも大魔獣の再封印の計画が、大きく変わったらしい。

「帝の剣《インペリアルソード》様の持ってきた情報によって、色々なことが明確になりました！　おかげで希望が見えてきました。……しかし、謎が多い大魔獣についてどこからあれほどの情報を持ってきたのか……？」

宮廷魔道士の人が首をかしげていた。きっと、うちの天使《かあ》さんからの情報だろう。

明後日《あさって》には、計画が実行されるらしい。

その時は、結界魔法使いや回復魔法使いの人手で足りなくなるので俺も是非参加して欲しいと言われた。

そんな話をしていたら、つい時間が過ぎてしまった。

俺は帝都の大通りの一角にある高級な料理店《レストラン》へとやってきた。

(懐かしいな……)

このお店は、皇族や大貴族がよく使っている隠れ家的な高級店だ。

子供の頃に、アイリや俺の誕生日をこの店で祝ってもらった記憶が蘇《よみがえ》った。

士官学校の訓練が厳しくなってからは、来れてなかったが。

入り口の門番に名前を告げると、店内の給仕人《ウエイター》へ取り次がれた。

給仕人に、俺は二階席へと案内された。店内はあまり混雑していない。

あえて満席にはならないようにしているのかもしれない。幼馴染《アイリ》の姿はすぐに見つかった。真っ赤なドレスを着ているアイリが座っている。

店の奥の席で、なにやら思い詰めたような表情をして俯《うつむ》いている。

俺はゆっくりとアイリのいる席に近づいた。

「アイリ皇女殿下。お待ちのお客様が到着しました」

給仕人が声をかけると、ぱっと俯いていたアイリが顔を上げた。

「………ユウ」「えっ?」

言葉に詰まった。俺の記憶にはない……まるで泣きそうな、儚《はかな》げな表情でこちらを見つめる幼馴染に俺は何も言えなくなった。

五章／ユージンは、決闘を挑まれる

俺とアイリは、ピアニストが音楽を奏でる料理店《レストラン》内で静かにディナーを食べている。

「あ、アイリ皇女殿下。こちらが本日の前菜となっております」

給仕が緊張した面持ちで、料理を並べる。

恐らく原因はアイリの思い詰めたような表情だろう。

すでに席について十分ほどが経《た》っているが、アイリはほとんど口を開かない。

「あの～……アイリ様？」

「…………昔みたいに、呼び捨てにして」

俺が話しかけると、ぼそっと言い返された。

「えっと……アイリ。それで用件って何？」

「なによ。用件を聞いたらすぐ帰る気？」

「いや、そんなことは……」

「じゃあ、急いで聞き出さないでいいでしょ！」

ツン！　とそっぽを向かれた。

「…………」「…………」

（……俺の幼馴染《おさなな　じみ》が面倒くさい女になってしまった件）

「私のこと面倒な女って思ってるでしょ」

「イエイエ、マサカ」

「顔にそう書いてあるわ」

「…………」

あっさりと心中を読まれる。この辺は昔から変わってない。

「こちらは真珠海亀《パールタートル》のスープでございます」

そんな会話をしていると、次の料理が運ばれてくる。

コース料理というやつだろうか。迷宮《ダンジョン》都市や魔法学園にはそんな畏《かしこ》まった料理はないし、士官学校時代も食事は質素なものだった。

いまいちマナーがわからず、俺は目の前のアイリの様子を盗み見して真似《まね》をした。

次の料理が届いた。白身魚を揚げて野菜のソースをかけた料理だ。

アイリは上品にナイフとフォークを扱い、美しく切り分けた料理を口に運ぶ。

ぱらりとした前髪を耳にかける仕草すら、気品があった。

「ユウは食べないの？」

「た、食べるよ」

俺の視線に気づいたアイリに促される。

俺はなれない手付きで、料理を口に運んだ。

（う、美味っ……！）

食べたことのない味だが、美味《おい》しいことだけはわかった。

アイリはグラスに入った葡萄酒《ワイン》を飲んでいる。

俺も一口飲んだが、たまに迷宮都市《ダンジョン》の酒場で注文する一杯三百Gの安ワインとは別物だった。あまり酔わない体質だが、アルコールのせいもあって緊張感はなくなってきた。

みるとアイリの表情もやや和らいでいる。

さて、ではそろそろ本題を伺おうかと思っていると。

「おや……、珍しい組み合わせだな。お前たちも来ていたのか」

突然、横から声をかけられた。

パッと振り向くと、そこには尊大な態度でこちらを見下ろす高貴な空気を纏《まと》った男が立っていた。その顔に見覚えがあり、俺はすぐに立ち上がり挨拶をした。

「アシュトン皇太子殿下、ご無沙汰しております！」

皇帝陛下の第一子、そして皇位継承権第一位の皇太子殿下だった。

アイリや俺とは十歳以上歳《とし》が離れているため、俺の士官学校時代には既に卒業されていたがアイリと一緒にいる機会が多かった俺は顔を会わせる機会が何度かあった。

帝国軍における階級は最高指揮官である『元帥』のひとつ下の『大将軍』。

軍内部の人望は厚く、『蒼海連邦《そうかい》』との国境付近で頻発する紛争を少ない被害で解決してきた実績も十分という、紛れもなく皇帝の座にもっとも近い人物だ。

「堅苦しい挨拶は不要だ、ユージン。久しぶりだな。少し邪魔をするぞ」

「兄さん、食事中に話しかけてくるのはマナー違反ではないかしら？」

「そういうな妹よ。私は心配しているのだ。明後日の『大魔獣』の再封印において、お前の率いる隊が『囮役』になったと聞いてな。いくらなんでも皇族のすることではない」

「皇帝陛下《ちちうえ》はお認めになったわ。とやかく言われる筋合いはありません！」

「アイリ！　囮役《おとり》って……」

思わず口を挟んでしまった。

「ユージンよ、聞いていなかったのか？　であればお前も妹の暴走を止めてくれ」

「暴走などしていません！」

アイリが軽くテーブルを叩《たた》くと、食器がカチャンと音を立てた。

「帝の剣《ジュウベエ》様も心配されていたぞ。自分の持ってきた情報で、この作戦に決まってしまったことを」

「それは……」

「親父《おやじ》が、か」

そりゃそうだろう。親父からしたら、アイリは娘のように可愛《かわい》がっている弟子だ。

それが大魔獣の囮なんて、賛成するはずがない。

「邪魔をしたな。言いたかったことはそれだけだ」

カツカツ、と足音を響かせアシュトン皇太子殿下は去っていった。

どうやら食事をしにきたのではなく、アイリに話があってきただけのようだ。

だが、俺はそれどころではなかった。

「どういうことだ!?　大魔獣の囮ってのは……」

「帝の剣様《インペリアルソード》……、ユウのお父様からの情報で、囚人を使った『生贄術《いけにえじゅつ》』では失敗するということがわかったわ。必要なのは『帝国に忠誠心を持っている者』の魂。だから皇帝陛下は、帝国のためにその身を捧《ささ》げることができる人材を募集したの」

「それにアイリが選ばれた……？」

「最初は誰も手を上げなかった。……当然ね。でも私はチャンスだと思ったの。もしこの危機を乗り越えられたら、一気に皇位継承権を上げることが……」

「死ぬぞ、アイリ」

俺はアイリの言葉を遮り、言った。

「生贄術をわかってるのか？　自分の『寿命』を消費する禁呪だ。死んだら皇帝になるも何もないだろ！」

俺は店の中であるにもかかわらず、思わず声を荒らげた。

「……大丈夫よ。聖国カルディアの女神教会へ依頼して運命魔法の熟練者が手助けにくることになっているの。彼らなら死なない程度に、生贄術を使って大魔獣を再封印することができる強力な魔法を発動できる。それに『善行』を積むことで『寿命』を戻す魔法を女神教会の神官が使えることは知っているでしょ？　だから……死ぬことはない、はずよ」

「生贄術を禁じたのは女神教会のはずなのに……、聖国では使い手がいるのか」

その事実に驚いた。聖女候補のサラは、このことを知っているのだろうか？

「ね、……だからユウは心配しないで」

アイリは、儚く微笑《ほほえ》んだ。

「心配するなって言われても……」

「ねぇ、それよりユウの話を聞かせて。魔法学園でどんなことをしてたのか。それから……ほら、可愛い恋人が二人もいる話とか。……本当に恋人なの？　ユウって士官学校時代は全然、女に興味なさそうだったのに」

「えっ!?」

急に予想外の方向に話が振られた。

「そ、それはアイリだって同じだろ。今はあのベル……なんとかって男が婚約者なんだろ」

俺は取り繕うため、そんな言葉を返した。

「あぁ……、うん。彼は……まぁ、皇族って立場上、成人した皇女に婚約者がいないわけにはいかないから、仕方なくってやつよ」

アイリは少し目を泳がせながら、言った。あまり触れられたい話題ではないようだ。

アイリが話題を変える。

「ね！　最終迷宮《ラストダンジョン》ってどんな感じなの!?　迷宮《ダンジョン》内の魔物って帝国にいるのより強いの？」

「どうかな、俺はまだ一〇〇階層だし。そこまで強くはないと思う」

「いや、一〇〇階層って十分でしょ」

「五〇〇階層までは長いよ」

「……本気なの？　五〇〇階層って」

「当たり前だろ」

「私の大魔獣の作戦より、よっぽど無茶苦茶じゃない。五百年破られてない伝説の記録なのよ？」

「だから挑戦のしがいがある」

「変わってないわね、ユウって」

「そうか？」

「そうよ。ところで剣の腕は磨きがかかってるわね。神獣と戦った映像記録魔法を見たわ」

「あれは、かなり久しぶりに剣を握ったんだけどな」

「え？　うそ。そうなの!?　どうして？」

「……誰かに振られて、ずっと剣を握ってなかったんだよ」

アイリの顔がひきつる。おっと、つまらないことを言った。

飲みすぎたかもしれない。

「……ん～、あー、そっかぁ」

「なにか言うことは？」

「ち、違うの!!」

「違う？　何が」

「き、聞いてよ!!　本当は……」

そう言って、アイリは語り始めた。久しぶりにたくさん幼馴染と話すことができた。

少しだけ昔に戻ったような気がした。途中、何度もアイリに謝られた。

『選別試験』のあと、俺に距離を置こうと言ったこと。

本当は、ずっと連絡をとりたかったこと。

長い間会話したが、店の閉店時間が近づいてきた。俺とアイリは、店の外へでた。

アイリは大魔獣の作戦会議をしている帝国軍の参謀会議へ出席するらしい。

酔いを醒《さ》ます魔法を自分にかけ、アイリは馬車に乗って去っていった。

「ゴメンね、ユウ」

最後に言われて、俺は「いいよ」と答えた。

アイリが去ったあとも、俺は同じ場所で考えこんでいた。

どうやらアイリは、俺に謝りたかったらしい。

少しだけ晴れやかな顔で帰っていった。

だけど、俺は過去の出来事より、未来の計画を懸念していた。

頭の中には皇太子殿下の言葉がずっと残っている。

――大魔獣の囮。

それは本当に、アイリが言う通り成功するのだろうか？

（嫌な予感が拭えない……）

ただの勘だ。神獣ケルベロスと出会う前の二〇階層。

魔王が出現する直前の一〇〇階層。それと同じような、嫌な予感。

それを確認するため俺は家に戻らず、別の場所へと足を向けた。


「……母さん」

俺は、先日親父と一緒にやってきた共同墓地内にある森の中の教会へやってきた。

母さんと会えるのは、一年に一日だけ。

しかし、声を聴くだけなら可能だと教えてもらっている。

俺は返事が来るまで何度も呼びかけるつもりだったが、思いの外すぐに返事は返ってきた。

（あら、ユージン。母さんの声が恋しくなったのかしらー☆）

頭の中に、天使《かあ》さんの声が響く。

「聞きたいことがあるんだ」

「あら？　真剣な話なのね。どうしたの？」

母さんがすぐに察して、口調を改めた。

俺はアイリから聞いた新たな作戦を、天界にいる母さんへ説明した。

（駄目ね。多分、再封印の成功確率は半分以下。あと生贄術をかけられた人間は、ほとんどが死ぬわ）

母さんが断言した。運命の女神様に仕える天界の天使である母さんがだ。

「じゃあ、どうにかする方法を知りたい」

「……そう言われてもね」

「お願いだ！　母さん」

「仕方ないわね～」

俺が頭を下げると、若干うれしそうな声になった。

――その日は、夜通し小さな教会内で作戦会議を行った。


家に戻れたのは朝だった。

部屋に戻ろうとすると、スミレとサラに捕まった。

「あー！　ユージンくん、朝帰りだー！」

「ま、まさか例の幼馴染《おさななじみ》さんと一緒にずっと……」

「そ、そんな……私たち捨てられるの？」

「駄目よ、そんなこと言っちゃ！　捨てられるのはスミレちゃん一人で十分よ！」

「は？　燃やすよ？」

「やれるものならやってみれば？」

スミレとサラが、一触即発の状態になる。いつものことだが。

だから、俺もいつも通り二人に声をかけた。

「スミレ、サラ。二人に頼みがある」

「「いいよ」」

即座に、二人同時に『了承』の返事が返ってきた。

「まだ何も言ってないんだけど……」

「ユージンくんの頼みを断るなんてないって」

「で？　何をすればいいのかしら」

俺を真《ま》っ直《す》ぐ見つめる二人の瞳。

「ありがとう……」

俺は徹夜で、三人で立てた作戦をスミレとサラに伝えた。

そして向かう先は、――皇帝陛下のいるエインヘヤル宮殿。


謁見の間に到着した。

(爵位を貰《もら》っておいてよかった……)

宮殿内には、名乗るだけで入ることができた。

謁見の間に入るときに止められたが、親父《おやじ》の名前で強引に押し通った。

謁見の間は、『明日』の大魔獣の再封印の作戦会議の大詰めだった。

帝国軍内の作戦会議の最終案が作成され、皇帝陛下の承認を得ている段階なのだろう。

俺は小さく、深呼吸をした。

「失礼いたします!!」

俺は声を張り上げ、広間内の全員の視線を受けた。

「ユージン殿！　そなたは呼ばれておらぬであろう！」

「後ろの二人は何者だ！　部外者を入れるなど！」

帝国貴族らしき者が、こちらに詰め寄ろうと近づいてきた。

が。

「用件を述べよ。ユージン・サンタフィールド」

皇帝陛下の声が、広間に響いた。

それによって広間内に静寂が支配した。

「恐れながら申し上げます。明日実行されようとしている大魔獣の再封印の計画は、失敗いたします！　これは私の知るもっとも運命魔法に精通している者からの情報です」

俺がそう発言すると、広間にいる人々が一斉に反応した。

驚き、怒り、猜疑《さいぎ》。さまざまな目を向けられた。

特に怒りをあらわにしているのは、最終作戦の立案をしていた帝国軍の参謀本部と宮廷魔道士の面々だ。

「我らの作戦が失敗するだと！」

「根拠を示せ！　いい加減な情報では許されぬぞ！」

「いくら帝の剣《インペリアルソード》様の子息とはいえ無礼であろう！」

彼らの発言はもっともだ。

突然乱入してきた小童《こわっぱ》に、「おまえたちの作戦は失敗する」と皇帝陛下の前で言われたら激高するに決まっている。

俺は黙って親父に視線を送った。親父はすぐに察してくれたようだ。

「ユージン《むすこ》は根拠がないことは言わない」

親父が皇帝陛下へ世間話のように話しかけた。

それによって反論をしようとした者たちが、口を閉ざす。

「それで？　言いたいことは、それだけか？」

どうやら俺の意図は、皇帝陛下は承知のようだ。おかげで話しやすい。

「いえ、ここからが本題です」

「聞こうか。代案があるのだろう？」

俺は小さく息を吸い、言葉を発した。

「皇帝陛下、私に大魔獣を『討伐』する案がございます」

皇帝陛下の謁見の間で、俺はそう宣言した。

……ざわ、っと人々の間で動揺が走る。

なんせ二百年、封印することしかできなかった大魔獣の討伐作戦だ。

当然、その場の人々からは「できるはずがない」「とんだうつけだ」「頭を医者に診せたほうがいい」など好き勝手言われる。

（けど自分の意見は引かない。当初の計画だと大勢が死ぬ。そして最初に死ぬのは……

幼馴染《アイリ》だ）

　ちらっと見た幼馴染の顔は戸惑っていた。

「ふむ……、そうだな。俺はユージンの持ってきた『討伐』案に興味があるが、まずは今の『封印』作戦が失敗するという論拠は聞く必要があるだろうな」

　皇帝陛下の言葉に、再び広間が静かになる。

（失敗するという予想は、天界にいる天使さん《かあ》から教えてもらった情報だ。が、それをこの場で言うわけにはいかない）

　親父と母さんからは口止めをされている。

　だから、俺は『それっぽい』嘘《うそ》を用意した。

　それは大陸随一の魔法使いである『ユーサー学園長』の情報であるという作り話。

　昨日の夜、通信魔法によってユーサー王に名前を借りる許可は得ている。

「ははは。っ！　面白そうなことになっているな。私の名前でよければ好きに使えばいい。あとで土産話を聞かせてくれ」

　と快諾してくれた。さすがは学園長、話がわかる。

「それは……」

　俺がその話をしようとした時。

「皇帝陛下！　会議中に失礼いたします！　聖国カルディアより『緊急通信魔法《ホットライン》』が入っ

ております!!」

バン！　と扉が開き息を切らせた衛兵が駆け込んできた。

緊急通信魔法《ホットライン》は、『グレンフレア帝国』『聖国カルディア』『蒼海連邦《そうかい》』の指導者のみが使用できる特別な通信魔法だ。

基本的に使用されるのは『国家規模の危機』に対してのみと言われている。

「繋《つな》げ」

皇帝陛下は、慌てることなく命じた。

ブン……、と音が鳴り、空中に映像が表示される。

現れたのは、長い金髪の若く美しい女性だった。広間がざわつく。

「っ!?　オリアンヌ様！」

後ろにいたアイリが息を呑《の》むのが聞こえた。

――オリアンヌ・イリア・カルディア

その名前を南の大陸の民で知らぬ者はいない。

神聖同盟の盟主『聖国カルディア』の最高指導者『八人の聖女《エイトセイント》』の一人。

通常、聖女様へと至るには、修道女から枢機卿《すうききょう》まで上り詰める必要がある。

そして、最終的には選挙で選ばれるため聖女様は壮年の女性が多い。

しかし、唯一の例外。民から選ばれるのでなく、運命の女神様《イリア》から選出される存在。

それが運命の巫女《みこ》様であり、今代の巫女の名前がオリアンヌ様である。

「突然のご連絡、失礼致します、グレンフレア皇帝陛下」

「わざわざ緊急通信魔法《ホットライン》を使うとは、どんなご用件かな？」

「ふふふ、興味深い話を聞いたものですから。何でも大魔獣の再封印の計画を予定されているとか。でも、現在の計画は恐らく失敗いたしますよ？」

「「「「「「っ!?」」」」」」

謁見の間に衝撃が走る。そして、視線が俺へと集まった。

……あれ？　まずくないか。

これだとまるで、俺が聖国と通じているような誤解を受けそうな。

「ユージン！　貴様は神聖同盟の手先だったのか！」

「そういえば後ろの女は聖国の聖女候補ではないか!?」

「なんということだ！　我らの国家機密が漏れているとは」

なにか言わなければ、と思っていると。

「ちなみにわたくしが『大魔獣の討伐計画』を知ったのは運命の女神様《イリア》から教えていただいたからです」

運命の巫女様の言葉に、再び広間が静まり返る。

巫女様は、女神様の御声《おこえ》を聞くことができる唯一の存在。

だからこそ特別であり、その発言は重い。

「……運命の女神様《イリア》が我らの作戦が失敗すると言ったということか？」

皇帝陛下がやや不機嫌な声で尋ねた。

「今のままでは、可能性が高いとおっしゃられました。ですが、帝国の若き剣士が新たな道を示すだろうともおっしゃられました」

ばっ！っと再び視線が俺に集まる。

（これは……多分天使さん《かあ》の仕業だ……）

昨晩、一緒に作戦を考えた時もっとも難しいのは既に動いている計画の軌道修正をいかにするか、という点だった。

どうやら母さんが、女神様に直談判《じかだんぱん》をしてくれたらしい。

「なるほど……わかった。どうやら計画を見直す必要があるらしい」

皇帝陛下が重々しく言った。

「お待ち下さい、皇帝陛下！　ならばなぜここにいるユージンは、計画の失敗を黙っていたのです！　ぎりぎりになって言ってくるなど信用できません！」

というもっともな指摘が入った。

よく見ると、発言者はアイリの婚約者のベルなんとか将軍だった。

「そうだな。ユージン、改めて問おう。お前はどうやって我らの計画が失敗することを知った？」

皇帝陛下の声に、じっとりとした視線が集まる。

俺は堂々と胸を張って『噓を』答えた。

「昨晩、リュケイオン魔法学園のユーサー学園長より通信魔法にて連絡がありました。ユーサー学園長の予知魔法によると、帝国に危機が迫っており、それを防ぐ方法を教えてもらいました」

用意していた『噓《ことば》』を淀《よど》みなく告げる。

「大陸随一の魔法使い……迷宮都市《ダンジョン》のユーサー王の予知魔法ですか。なるほどなるほど」

運命の巫女《オリアンヌ》様は、意味有りげな笑みを俺に向けた。

この人は全てわかっているはずだが、この場では味方をしてくれるらしい。

「皇帝陛下。ユーサー王が魔法学園にてユージン・サンタフィールドと親しい間柄であることは裏がとれております。かの王が秘蔵とする太古の神話生物を保管する重要な檻《おり》に唯一入る許可を得ているのが、ユージンだということもわかっています」

広間の人々にも聞こえるように発言をしているのは、確か帝国諜報部《ちょうほうぶ》の腕章をつけている男だ。

確かに彼らなら、迷宮都市《ダンジョン》での俺の行動も把握しているだろう。

もっともその檻に入れる人間が、俺くらいしかいないから、が本当の答えなのだが。

「わかった。随分と様々なところに借りを作ってしまったが、気遣い感謝しよう。宰相、あとで迷宮都市《ダンジョン》へ皇帝の名前《おれ》で礼の言葉を送っておいてくれ」

「かしこまりました」

宰相閣下が慇懃《いんぎん》に頷《うなず》いた。

「では、聞こうか。ユージンのもってきた『討伐案』を」

皇帝陛下の言葉に、俺は頷き口を開いた。

「はい!! では、述べさせていただきます！」

昨晩、天使《かあ》さんたちと共に徹夜で考えた計画を披露した。

◇昨晩◇

「母さん、なにか大魔獣を封印するいい方法はないかな？」

「いい方法って言ってもねー。一応、私も気になって調べてみたんだけど二百年も瘴気《しょうき》を溜《た》め込んだ『星の悪腫の獣《スターキャンサービースト》』でしょ～……。被害を出さずに封印するのは厳しいんじゃないかしら」

母さんの声は困り果てたように感じた。

「やっぱり無理かな……？」

「うーん、ユージンの気持ちもわかるんだけど」

「けどこのままじゃアイリが……」

俺が暗澹《あんたん》とした気持ちを抱えていた時。

「ねぇ、ライラ先輩～。方法ならあるでしょ？　教えてあげたらいいのに☆」

聞き慣れた、やけに明るい声が響いた。

どうやら親子の会話を聞いていたらしい。

しかし、俺には聴き逃せない言葉があった。

「エリー。方法があるっていうのは？」

「ちょっと、エリーニュス！　適当なこと言うんじゃないの！　ここまで育った『星の悪腫の獣《スターキャンサービースト》』に対抗する方法なんて……」

「ユージンが囮になればいいのよ。それなら誰も死なないわよ」

あっさりとエリーが告げた。

「俺が……？」

「バカ言うんじゃないの！　そんな危ないことをユージンにさせられるわけないでしょ!!」

戸惑う俺の言葉を、天使《かあ》さんの大きな声がかき消した。

「ちょっとー、声が大きいですよー、ライラ先輩」

「あんたがバカなこと言うからでしょ！　ユージン、聞いちゃ駄目よ。こんないい加減な堕天使の言うこと」

母さんは取り合わないようだったが、俺は話を聞きたかった。

「エリー、教えてくれないか？」

「ちょ、ちょっと、ユージン！」

「ふふふ、いいわよ☆」

俺の言葉にエリーがいつものように悪戯《いたずら》っぽく笑った。

「と言っても簡単な理屈よ？　『星の悪腫の獣《スターキャンサービースト》』を構成するのは大部分が『星脈』のマイナスエネルギーたる『黒魔力《マナ》』。だから『白魔力《マナ》』に特化したユージンなら、耐えられるってわけ。中途半端なのは駄目よ。純粋な『白魔力《マナ》』だけのユージンだからこそできることなの」

ね？　簡単でしょ、と言ってくるエリー。

「じゃあ、俺なら大魔獣の攻撃に耐えられる……っ!?」

そうなのか。

十五歳の選抜試験で絶望した俺の『白魔力《マナ》』だけの体質がここで役立てられるのか。

俺が興奮していると。

「あのね……『星の悪腫の獣《スターキャンサービースト》』は、黒魔力《マナ》だけじゃないでしょ。毒や呪いの特性を持つ『藍魔力《マナ》』や死の属性である『紫魔力《マナ》』だって持ってる。ユージンはそれらに耐性がないから死んじゃうに決まってるんだから。適当なことを言うのは止《や》めなさい」

ライラ母さんが呆《あき》れたような声で指摘した。けど、俺はその言葉でピンときた。

『藍魔力《マナ》』と『紫魔力《マナ》』。

この二つの魔力《マナ》を持っているのは……。

「あぁ、それなら私とユージンが契約しているから問題ないわ」

「…………………は？」

「げ」

バラしちゃうのか、それ。

でも、言わないと母さんに心配かけるし……しかたないのかな。

「ど、ど、ど、どーいうことよ！　説明しなさい、エリーニュス！」

かなり動揺した様子の母さんの声が響く。

「い、いやそれは、母さん落ち着いて」

「ふふふ、私とユージンが『身体《からだ》の契約』を結んでるってだけよ。だからユージンは、私の『黒魔力《マナ》』と『藍魔力《マナ》』と『紫魔力《マナ》』に対して耐性を持ってるから星の悪腫の獣《スターキャンサービースト》相手でも大丈夫ってワケ。むしろ相手の魔力《マナ》を消費させて、倒すことだって可能なんじゃないかしら？」

「か、身体の契約……!?　あんた私の息子に手を出したの!?」

「ごちそうさまでした☆　ライラ先輩」

「コロス！　あんた天界に戻ったら締め上げてやるから覚悟なさいよ！」

「ライラ先輩こわーい。当分、天界《エリーニュス》には戻れないなー☆」

「……ユージン！　あんたも何でこんな女に引っかかってるの！」

「ち、違うよ、母さん。俺が白魔力《マナ》しかなくて魔法剣士の道を諦めて絶望してたのをエリーに助けられたんだよ。だから、エリーは俺にとって恩人なんだ」

「ユージン……」

「そうそう、ユージンってばかっこいいくせに自己評価が低いし、ここはお姉さんが一肌脱ごうかなって思ったたってわけ。まさかライラ先輩の息子だとは思わなかったけど☆　今度から『ママ』って呼んでいい？」

「呼ぶな！！！　アホ！！！！」

母さんの甲高い怒鳴り声で、耳がキーンとなった。

その後も、ぐちぐちと文句を言われつつも俺が大魔獣の囮《おとり》になることについては母さんからも賛同を得られた。

「はぁ……、じゃあユージンが囮役に最適なことはわかったわ。でも、長い封印で空腹になっている星の悪腫の獣《スターキャンサービースト》には、『餌』になる大量の魔力《マナ》と、敵意を向けさせるために星の獣《ハーゲンティ》が嫌いな『天界』もしくは『女神様』に親しい魔力《マナ》がある必要がある。ユージンにはそれが欠けてるんじゃないかしら」

母さんが次の問題点を指摘する。

確かに、俺自身の魔力《マナ》量は平凡なものだし、女神様の敬虔《けいけん》な信者というわけではないからその二つの条件は満たせていない。

現在の計画では、膨大な魔力《マナ》は死刑囚の生贄術《いけにえじゅつ》によって確保。

『勝利の女神《アルテナ》様』の信者であるアイリや天騎士団が囮になることで、作戦は組まれていた。

皇族は代々、アルテナ様の敬虔な信者だ。

「あー、本当は私がユージンの近くにいれば魔力《マナ》を分けられたんだけど……、でもアテはあるわ。わかるでしょ？　ユージン」

エリーに言われて、すぐに俺は思い至った。

「炎の神人族《イフリート》のスミレと聖女候補のサラか」

「ピンポーン☆　無限の魔力《マナ》を持つ炎の神人族《スミレ》ちゃんと、運命の女神の敬虔な信者である聖女候補《サラ》ちゃん。この二人から魔力連結《マナリンク》しておけば、二つの条件もクリアね」

「…………はぁ」

母さんが大きなため息を吐《つ》いた。

「母さん？」

「どう、ライラ先輩？」

俺とエリーが尋ねた。

「腹立たしいけど……悪くない方法ね」

しぶしぶといった感じで、母さんが答えた。

「じゃあ、これからスミレとサラに相談にいくよ」

「あーぁ、私が近くにいたらなー」

「ありがとう、エリー。助かったよ」

ぼやく魔王に、俺はお礼を言った。

本当に心からの感謝だった。

「御礼《おれい》は身体で払ってくれたらいいから♡」

「ど、努力するよ」

「……あんたら、母親の前で何を言ってるのかわかってんの？」

キレ気味な母さんの声で、慌てて口を閉じる。

ここでこの会話は危険だ。

「母さんありがとう」

「念のため運命の女神様にこれから報告にいくから。あと、どうせだからエリーの言う通り徹底的に『星の悪腫の獣《スターキャンサービースト》』を弱らせなさい。確かにユージンならそれが唯一可能だわ。だけど、油断は駄目だし、危なくなったらすぐに逃げなさい。本来は地上の民が一人で対抗するようなモノじゃないんだから。あと、この話をいきなりもっていっても信じてもらえるかわからないわよ。言っておくけど、天使の話は地上でしてはいけないから。これは絶対よ？」

「わかったよ、母さん」

母さんに強く念押しされた。俺はしっかりと頷いた。

こうして、大魔獣の討伐作戦は、天使《はは》と魔王《エリー》の知恵により立てられた。

◇

俺は天使《かあ》さんと魔王《エリー》と話し合い、炎の神人族《イフリート》と聖女候補へ相談した作戦を皇帝陛下の謁見の間で述べた。もちろん、いくつかの事情は隠してあるが。

母さんとエリーのことは話せないため、作戦の概要はユーサー学園長の立案ということになっている。

最初は疑いの目を向けていた帝国軍参謀本部と宮廷魔道士の人たちも、徐々に俺の話に興味を持ってくれたようだった。

皇帝陛下の冷徹な目は、俺の話を聞いてもその感情は読み取れなかった。

「ユウ……、そんな……」

幼馴染《おさななじみ》は、大げさなほど動揺している。

「ユージン殿の作戦のほうが被害が少なくすむのか……」

「しかし個人の力に頼り過ぎでは……？」

「最悪、一人の犠牲で済むということだ」

「だが、本当に大魔獣ハーゲンティを倒せるのか？」

「倒せなくともよい！　最小の被害で再封印ができれば、作戦は成功なのだ」

「その通りだ。この計画は悪くない！」

「うむ、さすがは帝の剣《インペリアルソード》様のご子息だ！」

広間がざわつく。

最初は、俺に敵意を向けていた人たちも今や賛成に近い言葉を発している。

「良い作戦ですね。運命の女神様から聞いていた通りです」

「「「「「「「っ!?」」」」」」」

運命の巫女《オリアンヌ》様の言葉が決定的だった。

「決まりだな。ユージンの作戦を採用する。仔細《しさい》は参謀本部と宮廷魔道士で詰めよ」

皇帝陛下が、了承をしてくれた。

「ユウ！！　なんでっ！！？」

黙って聞いていたアイリが飛び出してきた。

「悪いな、アイリの手柄を奪うようなことをして」

「違うわよ!!　一人で囮になるなんて、どうかしてる!?」

「言っただろ。俺の白魔力《マナ》しかない体質が、大魔獣の相手をするのにぴったりなんだよ」

「でも、だからって……わ、私もいく！　一人よりも二人のほうが……」

「アイリだと無駄死にするだけだ。一人くらい増えたって何も変わらないよ」

「で、でも。……なんで、……なんでなの……どうして……いつも」

「そりゃ、アイリを死なせたくないから」

「でも……私は……ユウを……見捨てたのに……」

まったく理解できないようにうなだれる幼馴染。

なんでだろうな。昔は何も言わなくても、気持ちが伝わったのに。

幼馴染が死ぬ所なんて、見たいわけないだろ？

俺がどう説明しようかと、悩んでいると。

「待て！　ユージン・サンタフィールド!!　その作戦を実行するなら、この場で自身の強さを証明しろ!!　私は貴様に決闘を申し込む!!」

突然、俺に決闘を宣言してきたのは幼馴染の婚約者——ベルトルド将軍だった。

◇

「それではユージン殿とベルトルド将軍の決闘については、皇帝陛下の代理として私が結果を見届けさせていただきます」

そう言ったのはエカテリーナ宰相閣下だった。

ここはエインヘヤル宮殿内にある闘技場。

通常であれば御前試合などが行われる由緒正しい場所だ。

皇帝陛下は「結果のみ知らせよ」と去ってしまった。

が、それ以外の者は興味からかほとんどがこちらへやってきた。

さほど広くない闘技場は、満員だ。

人々のざわめきがうるさい。

「ねぇ、ユージンくん。決闘なんて……大丈夫?」

スミレが不安そうだ。

「平気よ、スミレちゃん。だってユージンだもの」

サラは反対に、俺に全幅の信頼を寄せてくれている。

「ま、命のやりとりってわけじゃないし。気楽にやるよ」

俺は答えた。……一方、俺の決闘相手はというと。

「どういうつもり、ベル！　こんなことを言い出すなんて!!」

幼馴染《アイリ》が、婚約者のベルトルド将軍に詰め寄っている。

「アイリこそ何を腑《ふ》抜《ぬ》けているんですか。大魔獣の再封印の実績によって皇位継承権を上げる計画だったでしょう。黙って見ているだけのつもりなのですか？」

「それは……」

ベルトルド将軍の返事は冷静だ。なるほどそういう理由か。

「ははは！　いいじゃないか！　男たる者やらねばならないときがある。ベルトルド、がんばれよ！」

豪快に笑いながらベルトルド将軍の肩をバン！　と叩《たた》いているのは長身で大柄な男。

背中には身長ほどもある大剣を携えている。

全身からは圧倒的な闘気《オーラ》を放ち、自然体に見えてまったく隙がない。

『剣の勇者』エドワード・J・ウォーカー
ウォーカー姓は、剣聖「ジーク・J・ウォーカー」の末裔《まつえい》の証《あかし》である。

もっとも使っている剣術は、俺や親父《おやじ》と違いグレンフレア帝国軍で採用されている流派だったはず。

帝の剣《インペリアルソード》である親父と双璧をなす、帝国最高戦力の一人。

背にある大剣は、グレンフレア帝国の宝具。

――『聖剣』コールブランド。

一振りで百の魔物を薙《な》ぎ払う光の刃《やいば》を放つと言われている。

剣の勇者様も、この決闘を見学するのかと思うと身が引き締まる。

「よし！　じゃあ、俺が立会人をしよう！」

闘技場のど真ん中にしゅたっと移動し、面白げに腕組みをしているのは、帝の剣《インペリアルソード》――つまりは俺の親父だ。

「おいおい、ジュウベエ殿。まさか自分の息子を贔屓《ひいき》なんてしないであろうな？」

「俺がそんなことをするように見えるか？　エド殿」

「絶対にないな」

「見学ならこの席が一番だからな」

「なるほど、それは一本取られたな」

「「はっはっはっは」」

何が面白いのかわからないが、親父と剣の勇者エドワード様は談笑している。

外からはライバルだの、敵対関係だの、言われているらしい『帝の剣《インペリアルソード》』と『剣の勇者』だが、実際は馬が合うようだ。

「では、両者前へ!!」

親父に呼ばれ、俺は闘技場の中央にある台上へと上がった。

反対側の台上でこちらを睨《にら》んでいるのは、ベルトルド将軍——幼馴染の婚約者だ。

俺は対戦相手の経歴を記憶から呼び起こす。

ベルトルド将軍の名前は、ここ一年で急に有名になった。

年齢は俺やアイリと同じ位に見えるが、少なくとも帝国軍士官学校では見たことがない。

正確には、俺が通っていたのは帝都にある帝国軍『中央』士官学校。

その他に『北方』『南方』『東方』『西方』の士官学校があるので、いずれかには所属していたのだろう。

交流試合などでも、名前が挙がったことがないので決して昔から有名ではなかった。

彼を有名にしたのが十五歳に行う『選別試験』。

そこでベルトルド将軍に発現したのが『五色』の魔力《マナ》と『勇者見習い』の職業《ジョブ》である。

さらに彼には『剣の勇者』エドワード様が所持している『聖剣』コールブランドへの適性があった。

聖剣は所持者を選ぶ。

適性がないものが手にしても、力を発揮しない。

つまりベルトルド将軍は将来有望な才《アビリティ》と『剣の勇者』の後継者としての立場から、今の地位を得ている。

(てことを知ったのは、アイリの婚約者がどんな男か気になったからなんだけどな……)

(うわ、ユージンってば女々しいー。そんなのいちいち調べたの?)

(おい、エリー。人の心を勝手に読むな)

(ユージンがぶつぶつ心の中でつぶやいてるから聞こえてきたのー)

別にいいだろ。心の中で愚痴るくらい。

ベルトルド将軍は、アイリとお揃《そろ》いの純白に金の装飾がされた豪奢《ごうしゃ》な軽装鎧《よろい》を着ている。

金髪碧眼《きんぱつへきがん》と貴族然とした凛々《りり》しい顔立ちから、憎らしいほど様になっている。

「ユージン・サンタフィールド!　いつでもかかってこい!」

ベルトルド将軍は既に剣を抜き放ち、刀身からは緑魔力《マナ》の付与《エンチャント》がかかっている。

剣だけでなく、身体《からだ》の周囲をも緑魔力《マナ》が渦巻く様子はおそらく。

(木属性……風の魔法剣か)

攻守を兼ね備えたバランスのよい魔法剣だ。

(って、魔法剣ありなのか。……こまったな)

渡された決闘用の武器は鋼の剣。

魔法剣相手だと、心もとない。

かといって、俺の白魔力《マナ》を使うと攻撃力《きれあじ》がゼロになってしまう。

「ユージンくん！」

「スミレ？」

スミレが俺の方に走ってきた。

「どうしたんだい？　スミレちゃん」

親父が尋ねる。

「ユージンくんは攻撃用の魔法剣が使えないので、私の魔力《マナ》を渡してもいいですか!?」

「ああ、決闘の手助けは駄目だが、魔力《マナ》を渡すだけならいいんじゃないか。ベルくん、どうだい？」

「ふん！　いいだろう。女の力を借りねば戦うことすらできぬとは情けない奴《やつ》だ！」

嫌味っぽく言われたが、了解は得られた。

「ありがとう、スミレ。助か……」

お礼を言いかけて、止まる。

スミレにぎゅっと、抱きしめられた。

そしてドクドクと炎の神人族《イフリート》の魔力《マナ》が俺に流れてくる。

「ユージンくん……」

小さな声で。スミレが俺を抱きしめながら耳元で囁《ささや》いた。

おそらく決闘の応援《エール》だと予想していたら。

「……あいつを絶対にボコボコにして」

えらく過激なお願いだった。

「任せてくれ、相棒《スミレ》」

苦笑しながら返事する。

俺へ魔力連結《マナリンク》したスミレは、身体を離し「がんばって」と一言告げて闘技台から降りた。

スミレのところにサラが駆け寄る。

「スミレちゃん、ずるい！」

「サラちゃんも一緒に抱きつけばよかったのに」

「こんな帝国の関係者しかいない場所で、私の能力を見せられるわけないでしょ！」

「それに私とサラちゃんの魔力《マナ》って反発し合うから、一緒にはできないよねー」

スミレとサラの会話が聞こえてくる。

二人の前でみっともない姿は晒《さら》せないな、と思っていると強い視線を感じた。

「…………」

めっちゃ不機嫌な顔でこっちを睨む幼馴染《アイリ》だった。

俺とスミレを見て、怒ってる？

でも、そーいうのは婚約者のベルくんとすればいいだろう、と思う。

（でもなんか……なんだろうな。アイリとベルトルド将軍には恋人っぽい感じがしないんだよな……）

理由はわからない。

アイリから聞いた形式上の婚約者、という話のせいだろうか。

「両者準備はいいか？」

立会人の親父が真剣な口調になった。

「問題ありません、帝の剣《インペリアルソード》様」

「俺もです」

意識を相手だけに向ける。周りの雑談や、スミレやサラの会話。

アイリからの視線、全てを無視する。

帝国軍士官学校時代は、こうした決闘がよくあったものだ。

リュケイオン魔法学園ではなかった風習なので懐かしさを感じた。

「この戦いの勝者が、大魔獣への討伐の先陣を務めることになります」

宰相閣下が、よく通る声で宣言した。

そう、この決闘の結果によって『大魔獣討伐』作戦の内容がきまる。

俺は無心のまま、頷《うなず》いた。

「はじめ！」

親父が号令をかける。

次の瞬間。

「風神剣《ウインド・エスパーダ》！！！」


ベルトルド将軍が、一陣の風となってこちらへ迫る。

瞬《まばた》きをすれば、その間に斬られていただろう。それほどの速さ。

振り下ろされる風の魔法剣が、俺へと迫る。

俺はまだ動けずに……動かずにいた。

士官学校時代の俺なら、もしかすると負けていたかもしれない。

それほどの剣の腕。しかし。

(神獣ケルベロスに比べると……)

欠伸《あくび》が出るほど遅い。

俺は一歩だけ左に身体をずらし、風の魔法剣を避《よ》ける——と同時に、炎の剣でベルトルド将軍の魔法剣の刀身を斬り飛ばした。

キィン……、という小さな音が響く。

ベルトルド将軍は、まだ避けられたことも、刀身が斬られたことも気づいていない。

俺は炎の剣をベルトルド将軍の首元に向かって横薙ぎにし……

「そこまで」

親父の刀が、俺の炎の剣を止めた。もっとも、俺は最初から剣を寸止めにするつもりだったので親父の刀にはあたっていない。

ともかく、決闘終了の合図だ。

「…………え？」

ベルトルド将軍は、やっと自分の状態に気づいたようだ。

魔法剣は根本から切り落とされ。

自分の首元に赤い炎剣が突きつけられている。

親父が止めていなければ、胴と首が離れていた——と思ったのかもしれない。

顔が真っ青になっている。

ベルくんは、ぺたんと尻もちをついた。

（何で殺さなかったの？）

（殺すわけないだろ!?）

（えー、つまんないなー。サクッと殺《や》っちゃえばいいのに☆）

魔王《エリー》が意味がわからないという風に聞いてくる。

素で聞くな、怖いから。

「勝者、ユージン!!」

親父《おやじ》の宣言に、闘技場内がわっと沸いた。

一瞬過ぎて、つまらない勝負になってしまったのではと思ったが、別に見世物ではない。

俺はスミレとサラのほうを向き、勝ったよという代わりに軽く手を握り上に掲げた。

「「やったー☆」」

とスミレとサラが抱き合っている。

その時、俺のほうに大柄な男が近づいてきた。

剣の勇者エドワード様だ。

「見事だった！　流石《さすが》はジュウベエ殿の息子だ。次は私と勝負をしないか？　勿論《もちろん》、聖剣はなしでだ！」

「え？」

「ちょっと待った！　実は俺も魔法剣のユージンとはまだ戦ってなかった。よし、ユージン。俺とも勝負しよう」

「おい、親父」

何故《なぜ》か剣の勇者と帝の剣《インペリアルソード》から勝負を挑まれた。

「はいはい、ジュウベエ様にエドワード様。ユージンくんは疲れてますから、宰相命令により本日の決闘は終了です。ユージンくん、明日に備えてゆっくり休んでください」

「「えぇー!!」」

宰相閣下の命令に、親父と剣の勇者様が不満の声を上げる。

子供か。

二人が仲がいい理由がわかった。どっちも剣術バカだ。

「ありがとうございます、宰相閣下」

「お見事でした。明日はよろしくお願いします」

エカテリーナ様にお礼を言うと、優しく微笑《ほほえ》まれた。

ちらっとベルトルド将軍のほうをみると、がっくりと床に手を付き項垂《うなだ》れている。

アイリが婚約者の肩を叩《たた》いて何か励ましの言葉を言っている。

ベルトルド将軍は意気消沈しているようで、無反応だ。

しばらく声をかけた後、アイリの表情がイラッとしたものに変わった。

「皇子のくせにウジウジと……、さっさと立ち上がりなさい！」

アイリがベルトルド将軍の尻を蹴っ飛ばしていた。

うわ……。尻に敷かれてるな、と思いつつ俺はエインヘヤル宮殿を後にした。


——自宅への帰り道。

「ごめんなさい、ユージン。私はこれから帝都に来る運命の巫女様《オリアンヌ》を迎えに行かないといけないの」

「わかった。帝都を案内しようか？」

「飛空船の発着場ならわかるから大丈夫。ユージンは明日に備えて休んでて。さっきの決闘カッコよかった♡」

サラが俺に抱きつき、頬にキスをして去っていった。

「…………」

スミレも俺に抱きつきたそうにしているのか、ぱっと目が合った。

「帰ろうか？　スミレ」

「う、うん。そうだねー」

結局、抱きつかれなかったが。

家に帰るとどっと疲労が襲ってきた。

よく考えると昨日からろくに寝ていない。

帰った後、俺はすぐにベッドで横になった。

「おやすみ、ユージンくん。ゆっくり休んでね」

スミレがドアを閉めると、外はまだ明るいにもかかわらず、すぐに睡魔が襲ってきた。

◇

「………誰だ？」

部屋に入ってくる何者かの気配で、俺は目を覚ました。

外は真っ暗だ。今は何時だろう？

「ごめんね、起こしちゃった」

「でも寝過ぎると身体《からだ》が鈍《なま》るわ」

部屋に入ってきたのは、スミレとサラだった。

「おはよう……なのかな？」

「今は深夜だよ、ユージンくん」

スミレがくすりと笑う。

「お腹《なか》すいてない？　お茶と食べ物を持ってきたわ」

サラがトレーに食べ物を載せてきてくれた。

米をこぶし大に握って、塩で味付けたものが数個。

横には焼いた分厚いハムと、ゆで卵《ボイルエッグ》が添えてあった。

「サラちゃんと一緒に作ったの」

「おにぎりっていう料理は、スミレちゃんが作ってくれたわ。これ美味《おい》しいわね」

「ありがとう、スミレ、サラ」

空腹を覚えていた俺は、それをすぐに平らげた。

その間に、サラがランプに光を灯《とも》す。夜のためか、光量は抑えている。

「ごちそうさま。美味しかったよ」

「「……………」」

俺が食べ終え、両手を合わせる。

スミレとサラの大きな瞳が、じぃっとこちらを見つめていた。

「……………どうかした？　ふたりとも」

なにやら、ただならぬ雰囲気に気圧《けお》される。

よく見ると二人の服装が昼間と違う。

薄手のレースのような生地の室内着。初めて見る服だった。

「ねぇ、ユージンくん。明日って大魔獣の囮《おとり》になるんだよね？」

「ああ、そうだよ。だから軽く剣の素振りでもして、ゆっくり休もうかと……」

「駄目よ。もっとするべき、、、ことがあるわ」

俺の言葉をサラが遮る。

「するべきこと？」

明日の大魔獣の討伐作戦。

帝国軍の参謀本部からは、装備品、武器、魔道具《マジックアイテム》は全て用意しておくと言われている。あとは魔力《マナ》を借り受けるため、炎の神人族《スミレ》と聖女見習い《サラ》と一緒に行く必要があるだけだ。

（……他になにかあったっけ？）

「ユージンくん。私とサラちゃん二人と魔力連結《マナリンク》すると、反発してうまくいかないことは知ってるよね？」

「ああ、だからスミレとは直接。サラの魔力《マナ》は武器を通して魔力《マナ》を分けてもらう作戦だけど……」

という手順になっている。なっていたはずだ。

「もっといい方法があるの」

サラが俺の頬に手を当てる。

気がつくと、スミレとサラが俺の布団に膝を載せて身体は手の届く距離に迫っていた。

薄暗くてわからなかったが、身近で見ると二人の着ている衣服はうっすらと肌が透けている。

そして二人から、普段と違う甘い香りが漂ってきた。

「サラちゃんが運命の巫女《オリアンヌ》様って人に教えてもらった方法があるんだ……」

「私とスミレちゃんの魔力《マナ》が反発しなくて、かつ魔力連結《マナリンク》がより強化される方法」

「そ、そんな方法があるのか!?」

天使《かあ》さんや魔王《エリー》は、何も言ってなかった。

もしや運命の女神様の御声《おこえ》が聞ける巫女《みこ》様だけが知っている秘密の方法が……？

俺は静かに二人の言葉を待った。


「ねぇ、ユージンくん……」

「私たちを抱いて……」


「…………………は？」

聞き間違いだろうか？　聞き直そうとして気づく。

薄暗い中でもはっきりわかるほど、スミレとサラの顔は真っ赤だった。

「あ、あの……サラさん？　スミレさん？」

「運命の巫女《オリアンヌ》様がおっしゃったの！　『身体の契約』を強化することで、ユージンの安全が保たれるって！」

「ほ、本当にそんなことを……？」

巫女様が言ったのか？

「さ、三人で寝所を共にすれば魔力《マナ》の反発も収まるでしょう……なんだって。うぅ……は、恥ずかしい」

スミレの顔がますます赤くなる。

「ユージンのためよ！　それに、巫女様はおっしゃったわ。ユージンにはいま悪い女の影があるから、私たちでそれを取り返さないといけないって」

「悪い女？」

すぐに思い当たった。つい最近その言葉を言っていたのは……。

(天使《かあ》さんだ……きっと)

(ライラ先輩の仕業ね～)

俺が心の中でつぶやくと、魔王《エリー》の念話が聞こえた。

「ねぇ、サラちゃん。この魅了のお香って本当に効果あるのかな？　ユージンくんいつも通りだよ？」

「変ねー、巫女様はこの香りをかげばどんな男でもイチコロだっておっしゃったのに」

「この匂いってそれ!?」

なんてものを用意してるんだ、運命の巫女様。

――聖国カルディアの聖女は腹黒い。

噂《うわさ》は真実だった。『魅了のお香』とやらはますます強く部屋に漂い、部屋には薄く靄《もや》がかかっているようになっている。

「ユージンくん……♡」「ユージン……♡」

スミレとサラがさらに間近に迫る。完全に押し倒されているような体勢だ。

二人の表情から恥じらいが薄れ、少しトロンとした表情に変化している。

二人に上から乗られ……、俺は抵抗できなかった。

「ね……ユージンくん♡」「ほら、ぼーっとしてないでよ♡」

スミレとサラが代わる代わる俺にキスをしてくる。

部屋の中に、舌を絡める隠秘な水音が響く。

気がつくと俺は二人に服を脱がされていた。

シュルリ、という衣擦《きぬず》れの音がする。スミレとサラが着ていた服が地面に脱ぎ捨てられる。

つまり二人は一糸まとわぬ姿となったわけで……。

「スミレ……。サラ……」

思わず俺が二人を強く抱きしめると。

「んっ……♡」「あっ……♡」

スミレとサラの悩ましげな嬌声《きようせい》が耳に届いた。

普段は見せないスミレとサラの艶っぽい声色に頭がクラクラする。

結界魔法が効いていないのかもしれない。

灯《あか》りのない暗い寝室で、月と星明かりだけがスミレとサラの裸体を照らしている。

見慣れているはずの二人が、まるで女神様のように見えた。

「ちょっと、サラちゃん……狭い」「スミレちゃんこそ……邪魔」

ただ、小声でケンカをしているのはいつもの二人だった。

競い合うように俺の上に被《かぶ》さってくる。

「ケンカは……ダメだ……」と俺が言うと。

「ふふ……、ケンカなんてしてないよ♡　ね？　サラちゃん」

「今日は……三人仲良しだから♡　ね？　スミレちゃん」

と息ぴったりでこちらを見る二人の目は、獲物を捕らえた肉食獣のそれだった。

（あーあ、私だけのユージンだったのに）

そんな呆《あき》れ声《ごえ》が聞こえた…………………気がした。

「ユージンくん……好き♡　……好き♡」

「ユージン……愛してる♡」

二人の熱い身体に捕らえられた。


その夜、俺はスミレとサラと結ばれた。

六章／ユージンは、大魔獣と相対する

カーン……カーン……カーン……カーン……

帝都中に物々しい鐘の音が響き渡る。

道行く人々は皆大きな荷物を背負って、帝都の南側へと移動している。

数日前に皇帝陛下が直々にお達しを出した、『大魔獣の再封印に関する軍事訓練』のためである。

帝都の民や周辺国に対しては、あくまで軍事訓練として通達されている。

避難場所は、帝都の中に数多くある避難用の公園兼広場。

そこでは豪勢な炊き出しが振る舞われるということで、一般の帝都民にとってはピクニックのようなものだ。皆の表情は明るい。

そして、彼らとは反対方向。北門に向かう馬車に乗っているのは、俺とスミレとサラだ。

今回の作戦の要『囮役』の俺に対しては、家まで帝国軍の馬車が迎えに来てくれた。

防音魔法に加え、浮遊魔法で揺れない馬車の中は静かだ。

いつもならスミレとサラが騒がしいのだけど、今日に限っては借りてきた猫のように大人しい。

「…………」「…………」

二人とも赤い顔をして俯《うつむ》いたり、窓の外を見たりと俺と目を合わせてくれない。

もっとも俺も昨晩の……ことを思い出すと落ち着かない気持ちになる。

が、無言に耐えかねて俺は二人に話しかけてみた。

「なぁ、スミレ」

「わ、わー！　いい天気！　だね！」

あからさまに目と話題を逸《そ》らされた。ちなみに空は曇っている。

「あのさ、サラ」

「た、大変！　聖女様への報告書を書かなきゃ！」

サラが突然思い出したかのように、紙とペンを取り出した。

が、筆はまったく進んでいない。二人の顔はますます赤くなる。

……これは雑談は無理そうだ。

なぜ、こんなに二人が動揺しているかというと昨日サラが使った『魅了のお香』とやらのせいだ。俺に仕掛けるはずが、仕掛け人のスミレとサラにかかってしまったらしい。

おかげでスミレとサラは普段からは想像がつかないほど…………積極的だった。

ふたりとも初めてだったはずなのに。

俺は結界魔法のおかげで影響がなかった。

朝起きて我に返った二人は、俺と顔を合わせられないというわけだ。

二人が冷静になるまでしばらく待つしかないか、と思っていると。

(昨晩はお楽しみだったわね)

冷めた声が脳内に響く。もちろん魔王《エリー》だ。

(……そういうのってわかるんだっけ?)

(そうよー。『身体《からだ》の契約』を結んだ場合、他の女に手を出すとわかっちゃうの。あーあ、ユージンが私以外の女とも『身体の契約』結んじゃったー。あーあ)

(………………)

エリーとは恋人同士というわけではない……はずだが。

どうも後ろめたい気持ちは拭いきれない。

(そういえば契約って複数人と結んでもいいんだっけ……?)

話題を逸らすために念話で尋ねる。微妙に逸らせてない気もするが。

(南の大陸だと『身体の契約』は複数と締結可能ね。運命の女神イリア様がその辺に寛容だから)

(ん? てことは、他の女神様だと違うのか?)

(西の大陸じゃ、『身体の契約』は一人までって教えになってるわ。実際、二人目には効果がほぼないみたいだし。西の大陸を担当している運命の女神が若くて頭の固い女神だか

ら。ユージンは南の大陸でヨカッタワネー）

（そ、そうか）

エリーの声がどこまでも冷たい。こっちも会話し辛《づら》いなぁ。

はやく到着してくれー、と願っていると。

「ユージン殿！　サラ殿！　スミレ殿！　大魔獣ハーゲンティの縄張りに到着いたしました！　ここからは徒歩となります」

馬車の護衛に呼ばれる。俺たちは馬車を降りて、目的地へと向かった。

俺たちは、黒騎士たちに護衛されながらだだっ広いクリュセ平原を進む。

風は生ぬるい。天気が曇っているから……だけが理由ではなさそうだ。

空中の魔力《マナ》が淀《よど》んでいる。おそらく瘴気《しょうき》が混ざっているのだろう。

息苦しい。ちらっとスミレとサラを振り返る。

「大丈夫？　スミレちゃん」

「……う、うん。まだ平気」

「ほら、私と手をつないで。運命の女神様の加護で、瘴気を防げるから」

「ありがとう、サラちゃん」

瘴気に慣れていないスミレの体調が心配だが、サラが面倒を見ているので俺は出しゃばらないことにした。

しばらく進むと、遠くに見えていた大魔獣の影が徐々にはっきりとしてくる。
昔から見慣れた光景……のはずが、今日は明らかに違っていた。
「ね、ねぇ……ユージンくん。この前と違わない……？」
「あれが……大魔獣。聞いてた話と随分違うわ……」
スミレとサラの声が震えている。
「大魔獣が……立ち上がってる」
幼い頃から何度か見たことがある黒い山。
しかし、今はその山が獣の形をしていた。
その獣は、どんな魔物にも似ていないが……、強いて言えば『巨大な猪《いのしし》』だろうか。
足の数は、正面からではよくわからない。
巨体から無数の棘《とげ》のような突起物が出ている。
そして、何よりも異様なのは見開かれた巨大な三つの眼《め》だ。
大魔獣が眼を開いているのを、俺は初めて見た。
（あれと……これから戦うのか……？）
そう思うと、否応《いやおう》なしに緊張感が増す。
しばらく歩いたところに、簡易な拠点が作られてあった。
簡易と言っても、幾重もの壁と結界で守られた強固な拠点だ。

おそらくここが最前線なのだろう。
巨大な天幕が張られており、中には大勢の人々が待機している。
エカテリーナ宰相閣下。
帝国軍のトップである元帥閣下。
帝の剣《インペリアルソード》――うちの親父《おやじ》の姿も見える。
剣の勇者様《エドワード》を始めとする、帝国最高戦力の天騎士や黄金騎士団長たちも揃《そろ》っている。
もちろん幼馴染《アイリ》の姿もあった。
アイリがこちらを心配そうに見つめている。
俺は「心配ないよ」という代わりに、アイリに笑顔を向けた。
アイリは呆れたような怒ったような複雑な表情をしている。
（それにしても……軍の関係者だけでなく、貴族のお歴々まで揃っているな）
何でだろうと疑問に思ったが、拠点の最奥にいる人物を見てすぐに合点がいった。
身分の高い人々の中でもひときわ目立つ人物は。
（え？……皇帝陛下が……？）
まさかの御方《おかた》がそこにいた。
なぜ、これから大魔獣との戦闘の場になるこんな危険な場所へ？
俺の表情から察したのか、皇帝陛下が口を開いた。

俺は慌てて跪《ひざまず》く。

「よくきたな、ユージン」

「はっ！」俺は短く答えた。

「…………」「…………？」

皇帝陛下が俺をじっと見ている。

こちらから何かを言うわけにもいかず、俺はしばらく待ち。

「すまぬな」「え？」

一体、何を謝られたのか。俺が眼を白黒させていると。

「アレを持て」

皇帝陛下が命じると、なにやら大仰な木箱に入った重そうなものが運ばれてきた。

黒鉄騎士が五人がかりで運んでいる。

見ると、その中に見覚えのある第三席の同期の顔があった。

マッシオは、何か言いたげだったが何も言わなかった。

ドスン！　と大きな音を立てて木箱が眼の前に置かれた。

「ユージン、それを開いてみよ」

「は、はい」

わけが分からぬまま俺はその黒い木箱を開く。そこに入っていたのは……。

「これは……刀、ですか？」

鮮やかな黄橙《おうとう》色の刃文を持つ黒刀だった。

五人がかりで持っていたとは思えない普通の大きさの刀だ。

「ユージン殿。その刀を手に取っていただけますか？」

ニッコリと微笑《ほほえ》むのは、エカテリーナ宰相閣下だ。

「えっと……」

「ほら、早くしろユージン。とりあえず、ものは試しだ」

戸惑う俺を親父が急《せ》かす。よくわからぬまま、俺はその刀を手に取った。

柄《つか》を握ると、指に吸い付くように馴染《なじ》む。ゆっくりと刀を持ち上げた。

重くも軽くもない。ちょうどよい重みだ。

……おおおお！　なぜか、周りがざわめいている。

「ユウ……凄《すご》い」

幼馴染みの声が、僅かに耳に届いた。

なんで、刀を持ち上げただけでそんなに驚くんだ？

「その神刀はな。帝国で手にすることができたのが、剣の勇者と帝の剣《インペリアルソード》だけだ」

「……剣の勇者様と親父だけ？」

「他の者では、重すぎて持ち上げることすらできなかった」

皇帝陛下の言葉に首をかしげる。神刀ってなんだ？

「ユージン殿。その刀の素材は神鉄《オリハルコン》。芯に神獣ケルベロスの牙を使っております。素晴らしい神器なのですが、扱えるのが帝国内で二人しかいない状態でして……。天騎士や聖剣の使い手ですら持ち上げることができなかったのです」

宰相閣下が悲しそうにつぶやいた。

つまりは幼馴染《おさななじみ》やベルトルド将軍も、扱えなかった刀ということか。

この刀の素材が、天頂の塔《バベル》で戦った冥府の番犬《ケルベロス》の牙……。

俺がまじまじと見つめていると。

――あの時の少年か！　待ちわびたぞ!!

という神々しい声が突如聞こえた。びっくりして、周りを見回す。

が、誰も気付いてない。俺だけに聞こえた声のようだ。

次の瞬間、俺の持っている刀が一瞬だけ七色に輝きを放った。

まばゆい光がその場を照らす。

……………おぉ！！！　とざわめきが、最高潮になる。

「ふむ、俺の時でもああはならなかったな」

「あれは神刀がユージンを認めたということか」

「それはそうでしょう。神獣様の試練に打ち勝ったのが、ユージン殿なのですから」

剣の勇者様と親父、そして宰相閣下の会話が聞こえてきた。

「その刀をユージンに授けよう」

「自分に……ですか？」

皇帝陛下の声に、俺は聞き返す。

「皇帝陛下からの餞《はなむけ》です。大魔獣との戦いに役立ててくださいね」

宰相閣下からの言葉で、俺は改めて神鉄《オリハルコン》と神獣の牙でできているという黒刀を眺める。

「ありがとうございます、皇帝陛下！　ではこちらの刀をお借りし必ずや大魔獣を……」

「間違っているぞ、ユージン。授けると言っただろう。神刀《それ》はお前のものだ」

「え？」

いや、しかし。

こんな貴重なものを本当にもらってしまっていいのか。

「死ぬなよ。死ねば没収だ。必ず生きてもどれ」

そう言って皇帝陛下は言葉を打ち切った。

その言葉で悟った。陛下より激励を賜ったのだと。

「必ずや、生きて戻ります」

俺は力強く返事をした。

「さて、ではここから作戦の全容を確認いたしましょう」

透き通った声が、拠点内に響く。

カツン、カツンと歩く音すら心地よい音楽のようだ。

天上から舞い降りた天女様とすら噂《うわさ》される聖国カルディアの若い聖女。

――『運命の巫女《みこ》』オリアンヌ・イリア・カルディア様
てっきり帝国軍の参謀部が仕切るものだと思っていたが、運命の巫女様から作戦の説明があるようだ。

皇帝陛下は気にしてないようで黙って聞いている。

「これから三時間後、封印が壊れ大魔獣が解き放たれます」

運命の巫女様の言葉に、場が静まる。

「そのため、数日前より古い封印を取り囲むように結界魔法を展開できるよう準備している。そうですね、皇帝陛下？」

「ええ、その通りです。オリアンヌ様」

返事をしたのはエカテリーナ宰相閣下だった。

「そして、その結界魔法だけでは大魔獣を封じることはできない。そのために『囮役《おとり》』が必要です」

オリアンヌ様が、まっすぐこちらを見つめた。

人間離れした美貌と澄んだ瞳に見つめられ俺は気圧《けお》されたが、小さく息を吸い声を上げた。

「自分がその囮役です」

「はい。よろしくお願いしますね、ユージン・サンタフィールド様。昨晩は我が国の聖女候補であるサラとより親密な関係となられたようで喜ばしい限りです」

「…………！」

後ろにいたサラがびくりと震えるのがわかった。

この人はどこまで把握をしているのだろう？

（なーんか、胡散臭《うさんくさ》いわね。この女）

魔王の声が聞こえた。そんなこと言うのはやめなさい。

「ただしユージン様だけでは囮役としては不足しています。大量の魔力《マナ》を炎の神人族《イフリート》であるスミレ様から。大魔獣が嫌っている聖神族の魔力《マナ》をサラから受け取る必要があります。お二人とも準備はよろしいですか？」

「はい、オリアンヌ様！」

「大丈夫ですー、聖女様！」

後ろのサラとスミレが緊張気味に返事をする。

運命の巫女様は、にっこりと慈愛に満ちた表情で微笑んだ。

「よい返事ですね。では、二人から魔力《マナ》を受け取ったユージン様がやるべきことは二つ。可能な限り、大魔獣ハーゲンティの注意を引いてください。と言っても、炎の神人族《スミレ》様と聖女候補《サラ》の魔力《マナ》を受け取ったユージン様は『必ず』大魔獣から狙われるでしょう。とにかく、死なないように立ち回ってください」

「……わかりました」

先ほど見た、巨大な山の如《ごと》き巨獣。

あれから俺は生き延びねばならない。

「そしてもう一つ。これは『できれば』ですが……、大魔獣の三つの眼《め》のうち、額にある第三の眼。あれこそが大魔獣ハーゲンティの心臓部ともいえる『核《コア》』です。別名で『賢者の石』とも呼ばれているものです。核《コア》を砕くことで、大魔獣を滅ぼすことができます。あくまでもっともこれは、大魔獣に近接しなければならず、非常に危険をともないます。あくまで余力があれば、挑戦してください」

「…………はい」俺は静かに頷《うなず》いた。

大魔獣の第三の眼を砕くことができれば、帝国の民が大魔獣に怯《おび》えることがなくなる。が、果たしてそれができるだろうか。

今の時点では、何も断言できない。

「ユージン様。何か質問はありますか？」

運命の巫女様のまっすぐな視線を俺は受け止めた。

単純な作戦だ。疑問はない。

つまり、これは覚悟を問われているわけで。

「問題ありません」俺は端的に答えた。

「良い目ですね。……ふふ、まるで千年前に世界を救った救世主様のようです」

「そんな……恐れ多い」

かつて全世界を恐怖で支配したという伝説の大魔王を倒した大勇者様と比べられるとは。

（は？　あんなのより、ユージンのほうがずっといい男なんですけど？）

脳内に魔王《エリー》の不機嫌な声が響く。

（エリーは大勇者アベル様と戦ったのか？）

そういえば千年前はエリーが現役の魔王なんだった。

しかし、エリーは千年前の話をあまりしたがらない。

（………秘密よ）

はぐらかされた。

「では、作戦を開始しましょう」

運命の巫女様《オリアンヌ》が、ポンと手を叩《たた》いて仰《おつしや》った。

俺が魔王《エリー》と無駄話をしている間にも状況は進んでいく。

「ユージンくん。こっちに来て」

「わかった」

スミレが俺の真正面で向き合った。まずは炎の神人族《スミレ》から大量の魔力《マナ》を借り受けないといけない。

俺が彼女の手を握ろうとするその前に、「ユージンくん！」と言ってスミレが俺に抱きついた。そして、唇を塞がれる。

（熱っ！）

火傷するかのような魔力《マナ》が俺の身体《からだ》を満たす。

最終迷宮《ラストダンジョン》の探索で何度も行っていた魔力連結《マナリンク》。

しかし今までのそれとはまったく異なっていた。

「契約による魔力連結《マナリンク》の強化。そして、染まりやすい純粋な白魔力《マナ》のみを持つユージンくん。ふふふ、なるほどこうなるのですね」

楽しげに言葉を発するのは、運命の巫女様だ。

長い魔力連結《キス》が終わった。

「はぁ……♡」

スミレが艶っぽいため息を吐《つ》いた。

身体中に燃え上がるような魔力《マナ》が満ちている。

「お、おい。ユージン、その髪色」「え？」

親父《おやじ》の声で気づく。髪色が赤く変色していた。

以前も一度、大量の魔力《マナ》を受け取った時に起きた現象だ。つまり、魔力連結《マナリンク》は成功した。

「ユージンくん……気をつけて。絶対無事に帰ってきてね」

スミレは周りのことなど一切気にならないかのように、瞳を潤ませて俺を見上げる。

「ああ、ありがとう。スミレ」

余計なことをごちゃごちゃ考えている俺より、ずっとわかりやすい。

俺は改めてスミレを抱きしめようとして。

「こら。二人の世界に入りすぎよ」

こん、と頭を軽く小突かれる。半眼で俺たちを睨《にら》むのはサラだ。

「ほら、次は私の番よ、どいてスミレちゃん」

「はーい、どうぞ。サラちゃん」

スミレはさっと俺から離れ、代わりにサラが俺の正面に立った。

スミレと比べると、サラは周りの目が気になるようだ。

そういう意味では俺と似ているのかもしれない。

「えっと、サラ」

俺が彼女の手を握ろうとすると、ギロリと睨まれた。

「まさかスミレちゃんとキスしておいて、私とはできないなんて言わないでしょうね」

「わ、わかってるよ」

有無を言わさない迫力だった。

「はい」

サラが目を閉じて、上を向く。スミレとは違い俺から、ということだろう。

ちらっと周りを確認すると、なんとなく面白くなさそうな顔のスミレと、その奥にめちゃ不機嫌な顔の幼馴染《おさななじみ》が見えた。

いったん、周りのことを忘れて俺はサラに口づけをした。と同時に、サラが俺に抱きついた。先程とはちがう、暖かな魔力《マナ》が身体に流れ込む。

今までならスミレの魔力《マナ》と、サラの魔力《マナ》が反発してうまく魔力連結《マナリンク》できなかった。

しかし、今回はまったくそれがない。

二つの魔力《マナ》が反発することなく、俺の身体に流れ込んでくる。

数分はその状態が続いただろうか。

「ふぅ……♡」

頬を桃色にしたサラが、唇を離した。俺の方を見つめ、目を丸くした。

「どうかした？　サラ」

「ユージン、その背中のって……」

「背中……え？」

後ろを振り返り、俺も目を見開いた。

俺の背中から大きな白い翼が生えていた。ただし、翼は片方のみ。

「おお……」

「なんと神々しい」

「聖女候補の魔力《マナ》によってあのようなことになるのか」

拠点内の人々から、様々な反応が見られる。もっとも、この翼が生えた理由は……。

（多分、ライラ先輩の影響じゃない？）

（やっぱ母さんのせいだよなー）

エリーの言葉に、俺は同意した。きっと俺が半分天使の血を引いている影響だ。

しかし、それを説明するわけにはいかない。拠点内はざわめいている。

「まるで片翼の天使ですね、ユージン様」

唯一、驚いていないのは運命の巫女様だ。

おそらくこの状況も、巫女様にはわかっていたのだろう。

どうせなら結果も事前に教えて欲しいが……、巫女様は意味ありげに俺の眼をみた。

多分、考えていることは見通されている。だから、俺がこれからすべきは……。

「では、大魔獣の囮役《おとり》へ向かいますね」

拠点内の人々に、俺は告げた。

大魔獣までの距離は遠く、俺は飛行魔法は使えない。しかし、背中の翼が教えてくれた。

まるで生まれた時から飛行魔法が使えたかのように、俺の身体が自然に宙へ浮いた。

これなら大魔獣のところへすぐに到着するだろう。その時、誰かから急に抱きつかれた。

「ユージンくん！」「ユージン！」

二人の声が、少しだけ泣いているような声だった。

「行ってくるよ。スミレ、サラ」

「頑張って！　ユージンくん」

「無茶しないでね、ユージン」

俺は二人に笑いかけ、一気に上空へ加速した。


ぐんぐんと風を切って、空へと上がる。足元に広がる黒い山。

それが、今やゆっくりと揺れている。

――オ……オオ……オオ……オオオ……オオ……オオ……

風の音に混じって、低い獣の唸《うな》り声《ごえ》が響く。

俺は黒い山を見下ろす。

いや、山ではなくゆっくりと獣の形へと姿を変えている——大魔獣ハーゲンティ。

ギロリと。大魔獣の眼が俺の方を向いた気がした。

——オ……オォ……オォ……オォ……オォ……オォ……

低い不気味な声が、瘴気《しょうき》混じりの淀《よど》んだ大気中に響く。

俺は飛空魔法を使って、巨大な黒い獣を高所から見下ろした。

二百年間にわたりグレンフレア帝国を悩ませてきた生きた災害——大魔獣ハーゲンティ。

思えば、その全体を見るのは初めてだった。ぐるりと周囲を見回す。

大魔獣を包囲するように、帝都付近の帝国軍が陣を敷いている。

その数、約二十万。

もしも『囮役』の俺が死んだ場合、次に大魔獣の犠牲になるのは彼らだ。

帝都に大魔獣の侵入を許してはならない。

それが、皇帝陛下からの帝国軍への厳命と聞いている。

彼らにとってこの戦場は、死地だ。上空からでは帝国軍人たちは豆粒のようにしか見えないが、その中でも軍を率いる者は目立つ。

天馬《ペガサス》に跨《また》がった幼馴染もその一人だった。こちらを心配そうにじっと見つめている。

——作戦はユージン殿の合図で開始します。好きなタイミングで合図をお願いしますね。

運命の巫女《オリアンヌ》様から、そのように説明をされている。

「ふぅ……」

小さく息を吐く。皇帝陛下から譲り受けた神刀を握る手が少し震えていた。

(怖いの？　ユージン)

「武者震いだよ、エリー」

(ふふふ、そうよね。私が見込んだ男だもの)

魔王《エリー》との会話で気が紛れた。

……よし！　覚悟を決めた俺は、事前に手渡された魔道具《マジックアイテム》をポケットから取り出し、大魔獣に向かって放り投げた。

ドーン！　と大きな音と、光が弾《はじ》けた。

殺傷力のない、ただ派手なだけの魔法だ。

大魔獣を取り囲んでいた帝国軍が一斉に動き始める。

作戦が開始した。

帝国軍の魔法使いたちが一斉に杖《つえ》を掲げる。

無数の魔法陣が輝く様子は、壮観だった。

大魔獣の古い封印を解除するための魔法だ。

新しい封印は、古い封印を外してからでないとかけられない。

しばらくは変化がなかった。俺は空中で待っている。

……パリン

どこかで。硝子《ガラス》が砕けるような音がした。

……パリン、　……カシャン、　……パリン、…………カシャ、カシャン、パリン、

そこかしこで、砕ける音が響く。大魔獣を大地へ封印する魔法の杭《くい》。

それが一つずつ壊れていく。それが連鎖的に連なり、ついに……。

――ォオオオオオオオオオオオオオ！！！！！

大魔獣が吠《ほ》えた。

地面が大きく揺れ、帝国軍の人たちが幾人も倒れている。

地震ではない。大地に縛り付けられていた大魔獣が解放された余波だ。

「くっ……！」

暴力的な瘴気と魔素があたりを満たす。

常人であれば、息をするだけで気を失うだろう。

結界魔法で全身を覆っているにもかかわらず、思わず口元に手を当てた。

――ォオオ！！！！！！

爆発音のような咆哮《ほうこう》。

そして、二百年の封印が解かれた大魔獣がその全身を現した。

「…………これ……が」

俺は大魔獣を見上げながら、思わず呟《つぶや》いた。

さっきまで見下ろしていたはずだ。

しかし、封印が解かれた大魔獣の大きさは想像を遥《はる》かに超えていた。

生きた災害の名に相応《ふさわ》しく視界に収めることすら難しいその巨大さは、神々しくさえあった。

（そこから逃げなさい！！！　ユージン！！！）

焦ったような魔王《エリー》の声で俺ははっとする。

大きすぎる大魔獣の前足がゆっくりと振り上げられていることに気づかなかった。

そう、大魔獣ハーゲンティの狙いは『俺』なのだ。

二百年間何も喰《く》っておらず、聖神様の封印魔法により大地に縛り付けられていた恨み。

まさにそれを晴らす、うってつけの生贄《いけにえ》が俺だ。

眼《め》の前に迫る大魔獣の黒い腕は、言われなければ腕だとは思えないただの黒い壁だった。

俺は飛行魔法を止《や》め、地面へと降り立った。

「結界魔法……聖域《サンクチユアリ》」

俺が扱える最上位の結界魔法。普段なら一回使えば、俺の魔力《マナ》が空っぽになる。が、聖女候補《サラ》の魔力《マナ》によって俺の魔力《マナ》量は嵩上《かさあ》げされている。

（ユージン！！！　逃げろって言ってるでしょ！！！）

エリーの声が頭の中に響く。

「俺が逃げたら、俺が向かう方向に大魔獣が追ってくるだろ？」

そうすれば犠牲になるのは、周囲にいる帝国兵たちだ。

（だからって……あーもう！　わかったわよ、馬鹿ユージン！　でも、私の言うことは聞きなさい。真正面から『星の悪腫の獣《スターキャンサービースト》』の攻撃を受け止めたりしたら、魔王《わたし》でもただじゃすまないんだから）

「エリーでも？」

会話する間にも大魔獣の前足は大きく振り上げられ、それがこちらへ迫る。

（そうよ！　いい？　『星の悪腫の獣《スターキャンサービースト》』はその巨体ゆえに物理的な肉体は持っていないわ。自重に耐えられないから。身体《からだ》を構成するのはほとんどが汚れた魔力《マナ》である瘴気。つまり大魔獣の攻撃そのものが、特大の魔法みたいなものだと思いなさい）

エリーの言葉は難しく、全ては理解できなかった。

「一応、踏み潰される直前に避《よ》けようと思ってるんだけど」

俺は『空歩』の構えをとっている。

大魔獣の足が迫る。まるで真上から夜空が落ちてくるようだ。

(甘いわね。『星の悪腫の獣《スターキャンサービースト》』の攻撃範囲は見た目よりもずっと広いわ。『横』に逃げても間に合わないわね)

「そう……なのか」

とすると、結界魔法を最大まで高めて耐えるしか。

(ふふふ、私と契約をしていることを感謝しなさいユージン。今からやるべきは、ユージンは大魔獣の身体に向かって突っ込むのよ)

「……え？」

俺が聞き違いかと、聞き返す。

(質問はあと！　魔法剣を使って、大魔獣に向かって飛びなさい！　全身を覆う結界魔法も止めちゃ駄目よ？)

「わ、わかった！……弐天円鳴流・火の型」

スミレから分けてもらった魔力《マナ》で神刀を覆う。刀身が赤く輝いた。

もはや頭上には、黒い壁しか見えない。

(GO！　ユージン！)

「……まじか。くそっ！」

俺は覚悟を決め、片翼を広げて大魔獣に向かって突っ込んだ。

真っ黒な壁に赤い刀を差し入れた。

……どぷん、と水……いや、沼に身を投げたような感触が身体を襲った。

確かに大魔獣の身体は、肉のない仮初のモノだった。

「くっ」

息をすればその瞬間、肺と内臓が腐り落ちると確信するほど濃い瘴気。

いや、ここは毒沼の中だ。一瞬で、上下左右の感覚を失う。

俺は背中の翼に任せ、ひたすらに上を目指していると。

ドン！！！！！

とてつもない爆発が背中を襲った。

「がっ！！！」

結界魔法に守られてもなおふっ飛ばされる。

とてつもなく長い衝撃が過ぎ去った時。

「はっ……はぁ……はぁ……はぁ……」

気がつくと地面を転がっていた。口の中に鉄の味が広がる。

（ほら、ユージン。上を見て）

魔王《エリー》の声がなければ、頭をあげることすらしなかっただろう。

「放て！！！」

聞き覚えのある号令が、かすかに耳に届いた。幼馴染《アイリ》の声だった。

ドド
ドド
ドドドドド！！！！！！！！！！！！！！！！！！！

無数の魔法が、大魔獣に降り注いだ。

数万の帝国軍所属の魔法使いたちが、一斉に攻撃魔法を仕掛けている。

現在、大魔獣の封印が解かれているため攻撃は全て直撃する。

ヤアアアアアアアアアアアアアアアアアアアアア！！！！！！！！！

大魔獣の悲鳴とも思える叫びが響く。

大魔獣の黒いモヤのような外皮が、ボロボロと崩れ落ちている。

（脆《もろ》いでしょ？　大地から瘴気を吸い上げた『星の悪腫の獣《スターキャンサービースト》』は、その巨体が最大の武器であり弱点でもあるの。巨体を覆う魔素の皮膚はとても脆い）

「運命の巫女《みこ》様の言った通りだな……」

息も絶え絶えだったが、なんとか言葉を返した。

雨のように魔法が降り注ぐなか、小山のような巨大な炎の塊が大魔獣を直撃し、爆発炎上した。

（あれは……スミレの火弾《ファイアボール》か？）

（うわ、これだから炎の神人族《イフリート》は……）
魔王ですら呆《あき》れる威力のようだ。
大魔獣からは、さらなる苦しげな悲鳴が聞こえた。その時。
ボコ……ボコ……ボコ……
と、地面から黒い生物が生えてきた。
大魔獣から産み落とされる忌まわしい獣――『黒羊』。
（こんな時に……いや、こんな時だからか？）
小回りのきかない大魔獣が、自分の手足の代わりに生み出したようだ。
「メエエエエエエエエエ！！！」
「ひぃ！」「くそっ！」「持ち場を離れるな！」
全身を黒い触手で覆われた気味の悪い黒羊が、至る所で帝国軍を襲っている。
大魔獣に魔法攻撃をしている魔法使いを守るため、帝国騎士たちが黒羊と戦っている。
善戦しているようだが、中には黒羊の巨大な口に丸呑《まるの》みにされている者。
黒い触手に囚《とら》われ、絞め殺されている者。混戦になっていた。
（スミレはっ!?）
心配になって思わずそちらを見ると、光の矢が巨大な黒羊を貫いているのが見えた。
どうやらスミレを、サラが守っているらしい。

(ユージン。人の心配をしている場合?)

エリーの声に、気付かされる。

「メエエエエ!!!」「メエエエエエ!!!」「メエエエ!!!」「メエエエエ!!!」

「メエエエ!!!」「メエエエ!!!」「メエエエ!!!」「メエエエエ!!!」

俺のほうへ、大量の黒い獣たちが殺到している。と、同時に。

……ズン!!!!

大魔獣ハーゲンティがゆっくりと。

しかし確実に俺のほうに身体を向けていた。

(くっ……、動け……)

身体を動かそうにも、先程の後遺症か身体が重い。その時だった。

――聖なる光刃《セイクリッドライトセイバー》
百体はいたであろう黒羊を、光の刃《やいば》が薙《な》ぎ払った。

「無事か! ユージンくん!」

ドシン! と地面をゆらし俺の隣に現れたのは、帝国が誇る最高戦力の一人――

剣の勇者《エドワード》様だった。

片手で軽々と持っている青く輝く神聖な両手持ちの魔法剣の名は聖剣『コールブランド』。

剣の勇者様が窮地を救ってくれたらしい。

「ありがとうございます、エドワード様」

「はははっ！　よし、大丈夫そうだな！」

あまり大丈夫ではないのだが、何にせよ助かった。その時。

「メエエエエエエエエエエエエエ!!」

竜よりも巨大な黒羊が眼の前に現れた。

まずい、この大きさは!?　俺が緊張感を持って剣を構えようとすると。

——弐天円鳴流・『雷の型』神狼《フェンリル》

次の瞬間、巨大な黒羊が縦に裂けた。

トン！　と軽い音で俺の隣に何者か——いや、誰かは勿論《もちろん》わかっている。

「よう、ユージン。生きてるか？」

飄々《ひょうひょう》と俺の隣に立っているのは、無造作に黒髪を後ろで束ねた無精髭《ぶしょうひげ》の剣士。

手に持つのは妖刀『天羽々斬《あめのはばきり》』。

帝国最凶の剣士、『帝の剣《インペリアルソード》』である親父《おやじ》だった。

「なんとか生きてるよ、親父」

「よし、この場は俺とエドワード殿で時間を稼ぐ。ユージンはアレの相手だろ？」

親父がくいっと、親指を指す先には勿論ゆっくりとこちらへ迫る大魔獣の姿があった。

大魔獣は殺気を含んだ眼《め》で、俺たちへ向けて再びゆっくりと両前足を振り上げる。

いけない。このままだとまずい。

「親父！　剣の勇者様！　逃げないと!!」

二人は俺のように結界魔法を得意とはしてないはずだ。

というか親父の魔力《マナ》属性は俺と真逆。黒色に近い、攻撃特化の魔法剣士だ。

大魔獣の瘴気《しょうき》には耐えられない。俺が叫ぶと、親父と剣の勇者様は顔を見合わせた。

「どうする？　帝の剣《インペリアルソード》殿」

「そうだなぁ。息子の言う通り、我々では大魔獣の瘴気は防げないが……」

「逃げるだけは癪《しゃく》だな」

「よし、俺は左から行こう」

「なら、私は右だな」

「……え？」

二人が何を言っているのか、理解する前に。

ダッ！　と帝国の最高戦力二人が、大魔獣に向かって駆け出した。

「お、おい！！！」

思わず怒鳴る。既に二人の背中は、豆粒ほどしかない。

「真・聖なる光刃」

「弐天円鳴流・『雷の型』奥義・麒麟《きりん》」

白い閃光《せんこう》と、黒い閃光が交差《クロス》した。

ギャアアアアアアアアアアアアアアアアア！！！

大魔獣の両眼が、斬り裂かれる。耳を覆わずにいられないような絶叫が響いた。

同時に、大魔獣の身体《からだ》が膨張する。

大地が揺れ、暴風が吹き荒れ、地面から稲妻が迸《ほとばし》った。

大魔獣が苦しみ、悶《もだ》えている。それによって、この世の終わりのような光景が広がる。

大魔獣の外皮は、崩れ落ち続けている。気がつくと一回り小さくなったように見えなくもない。それでも視界に収めるのがやっとの大きさだが。

――オオオオオオオオオオオオオオ

大魔獣の口が眩《まばゆ》い光を放ち始めた。

（まずいわね……、あれは『星の悪腫の獣《スターキャンサービースト》』の『死の叫び』。それを聞いた生き物は肉体と魂が分離してしまう。叫ばせては駄目よ、ユージン）

「んなこと……急に言われても！」

俺は身体に残っていた、炎の神人族《イフリート》と聖女候補の魔力《マナ》全てを神刀に移した。
普通の剣であればとっくに砕け散ってもおかしくない魔力《マナ》。
しかし、神獣の牙を素材とした神刀はびくともしない。
「弐天円鳴流・飛燕《ひえん》！」
俺の放った赤い紅刃が、大魔獣の巨大な口に炸裂《さくれつ》する。
と同時に、『帝の剣《インペリアルソード》』『剣の勇者』『聖女候補』の放った追撃も加わる。
大魔獣は悲鳴を上げるが、『死の叫び』が放たれることはなかった。
（よか……った……）
俺はゆっくりと地面に膝をついた。借り受けた魔力《マナ》と、自身の魔力《マナ》は空っぽだ。
体力も底をついている。

――運命魔法・女神の封印『天籠』

歌うような、美しい声が響いた。同時に数千の鎖が、大魔獣を縛り上げる。
（新たな封印魔法が……発動した……のか……）
使い手は、運命の巫女《オリアンヌ》様。
もちろん、たった一人でこのような大魔法を扱えるはずがなく、たくさんの生贄術《いけにえじゅつ》による魔力《マナ》供給によって成し得る神技だ。

苦しげに悶える大魔獣の額には、第三の赤い眼が輝いている。

(あれを……壊せば……)

大魔獣を倒せる。が、もはや俺の身体は指一本動かなかった。

(お疲れ様、ユージン)

魔王の声が優しく響く。

「エリー……魔力《マナ》を分けてくれ」

俺はかすれる声で、契約者へお願いした。

(あんた……何を言ってるの？　そのボロボロの身体で魔王《わたし》の魔力《マナ》なんて受け取ったら、死ぬわよ？)

「けど……この機会を……」

あと、一歩。もう少しで、帝都の民が安心して暮らせるように……。

(あのね、ユージンのおかげで最小限の被害で星の悪腫の獣《スターキャンサービースト》を封印できたのよ？　それで満足しなさい)

と言って魔王の念話は切れた。エリーの言うことはきっと正しい。

魔王の魔力《マナ》を今受け取れば、俺の身体は耐えられないのだろう。

大魔獣の苦しげな悲鳴は続いている。

それに呼応して、周囲は瘴気に汚染された毒の空気に満たされている。

俺の代わりに、大魔獣に近づける者はいない。

このまま地面に倒れ、結界魔法を解かないように気をつけ、救援が来るのを待つしか……。

「ユウ！！！！！」

聞き慣れた……懐かしい声が降ってきた。なんとか視線を上げる。

瘴気で淀《よど》んだ空気の中にあって、煌《きら》めく金髪と純白の鎧《よろい》を身にまとう美しい騎士。

「アイ……リ……？」

天馬《ペガサス》に乗って、俺のもとに唯一やってきたのは幼馴染《おさななじみ》だった。

幼馴染《アイリ》は俺の身体を片手で抱き寄せ天馬《ペガサス》の背に乱暴に乗せると一気に飛翔《ひしょう》した。

「アイ……リ。ありがとう」

俺はかすれる声でお礼を言った。

「それはこっちのセリフよ。ユウが最後まで逃げなかったから、帝国軍の被害は最小限で抑えられたわ。運命の巫女《みこ》様を中心に新しい封印魔法が発動して、あとはよっぽどのことがない限りは封印は失敗しないはず……ありがとう」

アイリの言葉にほっと息をついた。

――オオオオオオオオオオオオオオオオオオオオオ！！！！！！！！！！

大魔獣の咆哮《ほうこう》で大気がビリビリと震える。

「放て!!」

鋭い掛け声とともに、攻撃魔法が大魔獣に突き刺さる。

大魔獣のあまりの巨体に、未《いま》だ全てを結界魔法が覆えていない。

その隙間をぬって、攻撃魔法をしかける指揮をしているのは。

「ベルトルド将軍か」

アイリの婚約者だ。大魔獣の結界ギリギリまで迫り、果敢に指揮する姿は勇ましかった。

「ふーん、頑張ってるみたいね」

「もっと応援してやれよ。婚約者だろ?」

「うっさいわね! ユウに言われたくないわよ! 人前で二人も女の子と……き、キスをするなんて、この破廉恥!!」

罵倒された。この会話の感じが懐かしい。その時。

「大丈夫か!? 帝の剣《インペリアルソード》様と、剣の勇者様の容体はどうなってる!?」

「早く運べ!! 重傷だ!!」

「くそっ! もしものことがあっては、帝国の一大事だぞ!!」

「えっ? お、親父がっ!?」

慌てて俺が振り返ると。

「大丈夫よ……、あの二人は作戦を無視して、結界魔法がろくに使えないのに大魔獣に自分から突っ込んでいって、瘴気を浴びて気絶しているだけだから」

アイリが冷静に教えてくれた。

「で、でも重傷って……」

「そうなる未来は運命の巫女様と宰相様の『未来予知』でわかってたから、すでに回復魔法士団が待機しているわ。命に別状はないから」

「………そ、そうか」

確かに親父と剣の勇者様の助っ人《すけと》は作戦になかった。あの二人の暴走だったらしい。

「なにやってるんだ……」

「ジュウベエ様は『息子一人にいい格好させるか！』で、剣の勇者様は『ここでゆかぬは勇者ではない！』って言ってたわ。多分、あとで皇帝陛下《ちちうえ》から説教ね」

そう言いながらも、俺と幼馴染を乗せた天馬《ペガサス》はゆっくりと大魔獣から離れていく。

眼下では、大魔獣が大きく身体を揺らし苦しそうにうめいている。

封印にはまだ小一時間かかるだろう。

「アイリ、霊薬《エリクサー》は持ってるか？　俺は大魔獣にふっ飛ばされた時に全てなくしたんだ」

「あるけど……、この先にユウのための回復魔法使いたちが待機しているわよ」

戸惑うアイリから受け取った霊薬《エリクサー》を俺は一気に飲み干した。

疲労は取れないが、身体に魔力《マナ》が満ちていくのがわかる。

俺は腰にある神刀をゆっくりと握りしめた。よし！　まだ剣を振れそうだ。

「ユウ？」

俺の様子に訝《いぶか》しげな視線を向ける幼馴染。

「アイリ、俺を大魔獣のところに連れて行ってくれ」

「な、何を言ってるの⁉」

予想通り幼馴染に驚かれる。

「作戦を続行する。運命の巫女様から、余力があれば大魔獣の核《コア》を砕くように、言われているだろ？」

「余力なんてないでしょ！　ボロボロじゃない！」

アイリは俺の言葉を即座に否定する。俺は首を横に振った。

「あるさ……、アイリが手伝ってくれるなら」

「ばっ、馬鹿言わないで！　私は手伝わないわよ！」

「皇帝に成るんだろ？」

「ユウを死なせて皇帝になって何の意味があるのよ！」

アイリが天馬《ペガサス》の手綱を引き、拠点のほうに向かおうとするのを俺は手を摑《つか》んで止めた。

「ユウ……？」

「俺は死なないよ。ほら、見ろよあれを。大魔獣は弱ってる。こんな機会はもう二度とないかもしれない」

俺が指差す方では、封印によって大魔獣が苦しげに巨体をよじらせている。

大魔獣の瘴気《しょうき》によってできた外皮は、ぼろぼろと崩れている。

それでも滅んではいない。

大魔獣の額にある第三の眼《め》――『核』が無事だからだ。

「そ、それなら！　私も一緒に行く！　一人でなんて行かせない！」

「駄目だ。さっき俺を助けてくれた時も無理をしたんだろ？　アイリの鎧がぼろぼろだ」

七色の魔力《マナ》をもつアイリは、当然結界魔法も使える。

しかし、俺のように大魔獣の瘴気を無効化できるほどじゃない。

今だって、大魔獣に近づきすぎて苦しそうだ。

「そ、それなら。攻撃はどうするっていうの！　ユウの魔力《マナ》じゃ、攻撃できないじゃない！」

アイリの言う通りだった。俺の魔法剣は、『攻撃力ゼロ』。

誰も倒せない。だから……。

「アイリの魔力《マナ》を分けてくれ」

俺はアイリに手を伸ばした。

「え……？」

もしかすると『選別試験』の時も、こうすれば俺とアイリが距離を取る必要はなかったのかもしれない。俺たちはあの時うまくできなかった。でも、今なら。

リュケイオン魔法学園で教わったことを使って、帝国のために力を振るえる。

「アイリ、頼む」

俺がもう一度お願いをすると。

「こ、ここでキスしろって言うの!?」

なにやら勘違いをしているアイリが、顔を真っ赤にした。

「いや、魔力連結《マナリンク》は手を握るだけでもいいんだけど……」

「え？……あ、あ～、ふーん、そうなんだ……」

アイリがなんとも言えない表情に変わる。

さすがに婚約者がいるアイリにキスしろとは言わない。

「しょーがないわね！」

アイリがふぁさ！っと金髪を掻《か》き上げながら俺の右手を摑んだ。

長年剣を握り続けたその手は、力強くそれでいてその指は細く柔らかかった。

――魔力連結《マナリンク》

もしかすると上手《うま》くいかないんじゃないかと心配したが杞憂《きゆう》だった。

アイリの魔力《マナ》が俺の身体《からだ》に流れ込んでくる。

灼熱《しゃくねつ》のマグマのような炎の神人族《スミレ》の魔力《マナ》。

春の日差しのような暖かな聖女候補《サラ》の魔力《マナ》。

どちらとも違う、嵐の海のように荒々しくも力強い魔力《マナ》。

そして何よりも特徴的なのが……

「これが虹色の魔力《マナ》……」

神刀が淡く七色に輝いていた。帝国史上でも数名も所有する者のいない希少な魔力《マナ》。

「……ん」アイリが眉をしかめた。

「大丈夫か？　アイリ」

「へ、平気だけど……いつまで吸い取る気!?」

「ああ、もう大丈夫」俺はぱっと手を離した。

「はぁ……はぁ……」とアイリの息が荒い。

俺も動悸《どうき》が速まっているのを感じた。

(なんだ……、スミレやサラの時とは少し違う……)

俺が戸惑っていると。

(あーあ、長い間ずっと『両思い』だった幼馴染の魔力連結《マナリンク》で一度きりの『奇跡』が起きちゃったかー。その七色の魔力《マナ》が振るえるのは一度きりだと思いなさい)

魔王のつまらなそうな念話が聞こえた。

（一度きり？）

（ユージンってば、私って女やスミレちゃんやサラちゃんみたいな愛人二人も作っておいて、まだ初恋を忘れてないんだー）

（……いや、それは……）

「どうしたの？　ユウ？」

アイリに顔を覗《のぞ》き込まれて、息を呑《の》む。

「いや、なんでもないよ、アイリ」

俺は表情を変えずに答えた。

（まずは……目的を果たす）

ごちゃごちゃ考えるのは、そのあとだ。

俺は七色に輝く神刀を両手でしっかりと摑んだ。

「……綺麗《きれい》。それに七色の魔力《マナ》を同時に纏《まと》わせるなんて……、帝国の神鉄《オリハルコン》の剣ですら耐えられなかったのに」

「神獣の牙を素材にしたおかげだろうな」

七色の魔力《マナ》は、神族の魔力《マナ》と言われている。

人間でそれを扱えたのは、千年前に大魔王を倒したと言われる伝説の大勇者アベルだけだ。それを人の身で扱えるのは、……この神刀のおかげだろう。

もっとも、刀身に纏う魔力《マナ》は陽炎《かげろう》のように儚《はかな》く、今にも消えてしまいそうだ。

魔王の言う通り、おそらく一振りだけと予想した。

俺とアイリは、大魔獣の頭上の上空へとやってきた。

「ねぇ、ここからどうする気？　飛行魔法は使えるの？」

アイリが言う前に、俺は背中から翼を出現させた。

だいぶ、扱いにも慣れてきたな。

「ありがとう、アイリ」

俺は天馬《ペガサス》の背にゆっくりと立ち上がった。

「死んだら許さないからね。絶対に生きて戻りなさい！」

「ああ」

皇帝陛下と似たようなことを言われ、やっぱり親娘《おやこ》だなと感じた。

「じゃあ、行ってくるよ」

俺は片手をあげ、上空から身を投げた。

ゴウゴウと、耳元を風を切る音が響く。

背の翼を使って、減速することはできたが大魔獣に気づかれたくなかった俺は自由落下

に身を任せた。しばらく落ち続けたあと、

「くっ」

全身を刺すような殺気が襲った。大魔獣に気づかれた。

ぶわっ！　と無数の黒い棘《とげ》がこちらへ迫りくる。大した速さではない。

が、今俺の手にある虹色の神刀は一振りで力を失ってしまう。

ここで使うわけにはいかない。

（弐天円鳴流『林の型』猫柳！）

四方を敵に囲まれた時に対処する剣技。それでも数百の黒い棘の全ては避《よ》けきれない。

俺の腕を、肩を、足を小さな黒い棘が貫いた。

「……っ！」

それでも止まらない。ただ、下へと進み続ける。

「ギギギギギギギギ……ギギギギ……ギギギギ……ギギ……ギギギ！！！」

歯ぎしりのような不協和音が響く。

もしかすると、大魔獣が恐怖しているのかもしれない。

鈍く血の色に輝く第三の眼が、こちらを視《み》ている。

ガシン!!　とこれまで俺の方に向いていた黒い棘のような瘴気が、一斉に第三の眼を守るように集まる。

黒曜亀の甲羅のように、厳重に弱点である眼を守っている。

俺はそこに向かって、一直線に落ちる。

刀身の七色の光は徐々に弱まっている。

（間に合えっ！）

俺は石のように硬化した瘴気で守られる大魔獣の『核』へ、神刀の刀身を突き刺した。

その刃《やいば》は、絹に針を通すようにすっと刺さった。

「ギャオアアアオオオオオオオオオアアアオオ！！！！！！」

耳に届いたのは、割れるような断末魔だった。

次の瞬間、身体を吹き飛ばす爆発に巻き込まれ俺の身体は宙を舞った。

結界魔法で、自身の身体を守る。

結界魔法は砕け続けたが、俺は魔力《マナ》が続く限り結界を張り直す。

空を飛んでいるのと錯覚するほど長い時間、宙を彷徨《さまよ》い地面にたたきつけられたあと毬《まり》のように地面を跳ねて転がり続けた。

（し、死ぬかとおもった…………）

運命の巫女《みこ》様……、大魔獣の弱点をつくと爆発するなら事前に教えて欲しかった。

彼女も知らなかったのかもしれないが。

「……ユウ！……ユウ！」

遠くで俺の名前を呼ぶ声が聞こえた気がしたが、それを確認する前に俺は意識を失った。

◇

目を覚ました。

天井には勝利《アルテナ》の女神様が、古い女神に勝利する神話の見事な壁画が描かれている。

もちろん、見覚えがあった。

「エインヘヤル宮殿の救護部屋か……」

昔、宮殿に迷い込んできたハグレ飛竜《ワイバーン》に俺とアイリが挑んで、二人して大怪我《おおけが》をした時に運び込まれたベッドで俺は寝ていた。起き上がると、全身が痛い。

「まぁ、痛いのは生きている証拠か」

んー、と身体を伸ばす。どれくらい気を失っていたんだろう？

時計を探している時。ぎぃ……、と音を立ててドアが開いた。

親父《おやじ》か、アイリか、スミレか、サラか……、と思ったがその誰でもなかった。

「ユージン・サンタフィールド。目を覚ましたか」

「ベルトルド将軍？」

なぜ、彼がここに……？　と疑問に思った瞬間、一つの解を得た。

（まさか……俺を暗殺しに？）

あり得ないことではない。婚約者の元恋人（？）かつ、今回の件で手柄を立てた俺を苦々しく思っているであろう野心あふれる将軍。

なら、俺が弱っているこのタイミングを狙ったとしても不思議はない。

（武器は!?）

慌てて探すが、手元には見当たらない。くそ！

かつて俺は寝る時ですら刀を手放さない親父に呆《あき》れて笑っていたものだが、親父は正しかったのだ。

かくなるうえは、弐天円鳴流の無手の奥義で応戦を……と覚悟を決めた時。

「これまでの数々のご無礼、申し訳ありませんでした！！！　ユージンさん！！！」

「…………え？」

俺はあっけにとられた。

そこには身体を直角に折り曲げ俺へ頭を下げるベルトルド将軍の姿があった。

七章／ユージンは、告白される

「申し訳ありませんでした!!　ユージンさん!!」

「え？」

ベルトルド将軍が、身体を直角に折り曲げて俺に頭を下げている。将軍といえば、貴族でいえば侯爵に匹敵する階級だ。

なによりあれほど俺に対して敵意を向けていたとは思えない態度だった。

「あの……、ベルトルド将軍？　頭を上げてください」

「いえ！　貴方《あなた》は大魔獣を倒しグレンフレア帝国の『英雄』となられました！　それに将軍の呼称は不要です！　私は将軍の任を解かれ、一度辺境へ飛ばされるでしょうから」

「……」

随分と大変そうなことをあっさりと言われた。

気の毒に、という気持ちが表情に出たのかもしれない。

「むしろ良い機会です。ユージンさんと決闘をして、自分の至らなさを痛感しました！　もう一度自分を鍛え直します！」

爽やかに告げるベルトルド将軍は、本当に先日まで俺を敵視していたのと同一人物なのだろうか？

「でも……となるとアイリ……皇女殿下は大変ですね」

婚約者が辺境行きとなると、幼馴染《おさななじみ》を支える人がいなくなってしまう。

俺がそう言うと、ベルトルド将軍がなんとも言えない表情になった。

余計なお世話だったか、気に障ったか？　と懸念したが、どうも違うようだ。

ベルトルド将軍は、しばらく宙を見つめ何かを迷うように視線を彷徨わせたあと、つかつかと俺の近くへとやってきた。

そして、小声で話しかけてきた。

「……あの、ユージンさん」

「な、なんですか？」距離近くない？

「グレンフレア帝国の皇帝が、代々暗殺されることが多い話は知っていますよね？」

「それは勿論《もちろん》。先々代も、暗殺されたという噂《うわさ》ですから」

アイリの曽祖父は、非常に戦争好きな皇帝として有名で若くして病死したとされているが、実は暗殺されたというもっぱらの噂だ。

実際のところは不明であるが。

「南の大陸の統一を大義として掲げ、度々戦争をしかけるグレンフレア帝国は、諸外国から恨まれています。だから皇帝陛下は常に暗殺を恐れている」

「……常識ですね」

何が言いたいのだろう？　と俺はベルトルド将軍の真意を測りかねた。

「暗殺を警戒して、歴代皇帝には常に複数の隠し子がいる、という噂を聞いたことはありますか？　ユージンさん」

「まぁ、聞いたことくらいは」

ありえる話だとは思う。もともと皇帝陛下には十人以上の后《きさき》がいて、子供の数も多い。それでも敵対国からの暗殺者や、反乱が起きた時に備え、皇族の血を絶やさないようにというのは十分考えられる。

ここで、ベルトルド将軍がずいっと、顔を近づけて囁《ささや》くように告げた。

「ユージンさん、この話は絶対に内密でお願いします」

「…………何の話ですか？」

ここまでの話の流れと、ここまでの念押し。

まさか、という予想が頭に浮かぶ。

「……私は皇帝陛下の隠し子です。つまりはアイリ姉さんとは、異母姉弟になります」

「……え？　えええええ!!」

我ながら、間の抜けた声が出た。

「絶対に秘密でお願いしますね」

「……いや、でも。ならどうして婚約者に？」

俺は当然の疑問を尋ねた。

「そりゃ、姉さんが皇帝陛下が用意した婚約者をことごとく、剣で叩《たた》きのめしたからですよ。曰《いわ》く『私より弱い男を伴侶にする気はないわ！』とか言ったようですね」

「それは……、随分と幼馴染《アイリ》らしい……」

その光景が目に浮かぶようだ。

剣術の腕は、士官学校時代に俺とアイリがダントツの二強だった。

それより強い男となると、相当限られるだろう。

「ですが、高位の皇位継承者が婚約者も決まっていないわけにはいかないですからね。仕方なく『代役』として私が選出されたわけです」

「じゃあ、実際にアイリと結婚するわけでは……」

「できませんよ。帝国法で姉弟の婚姻は禁止されてますからね。適当なタイミングで婚約破棄になる予定でした」

「そう……だったんですか」

なんとなく恋人同士っぽくないな、と感じていた理由がわかった。

ここでふと気になった。

「じゃあ、なんで俺にあんなにつっかかって来たんです？」

ずっと幼馴染である俺に、婚約者のベルトルド将軍は敵愾心《てきがいしん》を持っていたのだと思っていた。が、嘘《うそ》の婚約者であるなら話が別だ。

俺が尋ねると、ベルトルド将軍は忌々しそうな表情を向けた。

「それはですね！　毎日毎日、『ユウはもっと凄《すご》かった』『少しはユウの剣に追いつきなさい』『あんたがユウだったら』と言われる身にもなってくださいよ。しかも、剣術訓練が毎日数時間あるんですよ!?　前線に出ない皇族に必要ないでしょう！」

「あ〜、それは俺と毎日道場で訓練してたからですね」

出会った時から続けている、俺とアイリの日課だ。

「そうですよ！　それでなくても、もともと庶民として育てられた俺は将軍として学ぶことが山ほどあるのに、毎日アイリ姉さんにしごかれて……。毎回『ユウと比べてあんたは……』って言われたら、恨みたくもなるでしょ!!」

「それは……すいませんでした」

至極まっとうな意見だった。

ここでベルトルド将軍が大きくため息を吐《つ》いた。

「ユージンさんが、炎の神人族《イフリート》の女の子と探索隊《パーティー》を組んでからのアイリ姉さんは大荒れで大変でしたよ」

「大荒れ？」

「正直、怖くて近づけませんでしたからね」

　ベルトルド将軍の表情からは冗談を言っている雰囲気はなかった。

「だったら連絡くらいくれても……」

「姉さんは、変にプライドが高いですからね。『ユウから呼び出されたらすぐにリュケイオン魔法学園に行くのに！』って、いつも言ってましたよ」

「アイリに学園に来てもらう……？」

　その考えはなかったなぁ。

「それからユージンさんが、炎の神人族《イフリート》の女の子と聖女候補と恋人になりましたよね。あの日は、アイリ姉さんはずっと泣いてましたよ」

「……………え!?」

　幼馴染《アイリ》が泣く？　いつだって気高く、弱音を吐かなかったアイリが？

「姉さんも案外、乙女なんだなーって驚きましたね」

　俺にとっては、ベルトルド将軍が言う以上の衝撃だった。

「アイリは……俺のことを」

　俺がぽつりと、それを言葉にしようとしたら、何を今さらという顔で見られた。

「アイリ姉さんは、ずっとユ、ユージン、さ、さん一筋ですよ」

「………」

俺は何も言えなかった。否定できなかった。

直感で、それは嘘ではないと気付いた。

ベルトルド将軍の言う通りなのだろう。

「まあ、あの時は数日は姉さんが泣き続けてくれたから、訓練が休みになって自分にとっては有り難かった……」

その時「バン！！！！」と、すごい勢いでドアが蹴り飛ばされた。

「ベル！！！！」

鬼の形相の幼馴染が立っていた。

「アイリ?」「……やぁ、アイリ姉さん」

「……ユウ、起きたのね。よかった。……ベル！　あんた何を言ってるの!!」

俺に柔らかい表情を向けたあと、アイリの表情が一瞬で鬼に戻る。

ベルトルド将軍は、それにニヤリと返した。

「アイリ姉さんが一向に素直にならないから、代わりに伝えておいたよ。失恋でずっと泣き崩れてるなんて案外おとめ……ウボアッ！」

「弐天円鳴流・『火の型』馬蹴！！！」

一瞬で、距離を詰めたアイリの綺麗《きれい》な回し蹴りがベルトルド将軍を蹴り飛ばした。

（数少ない弐天円鳴流の素手技だ）

皇族として無手の時に、賊に襲われても対処できるよう親父《おやじ》が教えていた技だ。

俺も一応使えるのだが、剣術と比べると得意ではなく素手ならアイリのほうが強かったりする。

久しぶりに見たアイリの蹴り技は、以前より洗練されていた。

遠くにふっ飛ばされていくベルトルド将軍と、綺麗に伸びたアイリの足を眺める。

短いスカートで蹴りなんてするから、下着が見えていることを注意するかどうか迷った。

相変わらず赤い下着が好きなんだな。

「何見てるの！　ユウ！」

「はしたないよ、皇女殿下」

「うっさいわね！　名前で呼べって言ってるでしょ！」

「はしたないよ、アイリ」

「ふん！」

ぷいっとそっぽを向く幼馴染との会話が懐かしかった。

ベルトルド将軍のほうをちらっとみると、きちんと受け身をとっているようで寝転んだまま俺に親指を立てている。

（あとは任せた！　ユージンさん）

（任せられてもな……）

視線だけで、意図は伝わったが。

「ねぇ……ユウ」

アイリが俺の手を握る。

「アイリ……」

さっきベルトルド将軍に言われた言葉が蘇《よみがえ》る。


――アイリ姉さんは、ユージンさん一筋ですよ

俺がアイリにとっていた態度は酷《ひど》いものだったかもしれない。

アイリが何か言おうとしている。俺も、アイリに伝えたい事があった。

お互いに口を開きかけたその時。この部屋に近づく足音が聞こえた。

ぱっと、アイリが俺の手を離す。

「ユージンくんの目が覚めてる!!」

「ユージン、よかった。起きたのね」

部屋に入ってきたのは、スミレとサラだった。

さらにその後ろに、運命の巫女《みこ》様と宰相閣下もいる。

「オリアンヌ様のおっしゃる通りでしたね。ユージン殿が目を覚ましています」

「女神様に教えていただきましたから。目覚めはいかがですか？」

「問題ありません、運命の巫女様《オリアンヌ》」

俺は答えた。

「ユージン殿、起きてすぐで申し訳ないですが皇帝陛下からお話があるそうです。一緒に来ていただけますか？」

「わかりました」

少し身体《からだ》は重かったが、動くのに支障はない。我ながら頑丈な身体だ。

「ユージンくん、肩貸すねー」

スミレがさっと隣に来て、俺を支えてくれた。

「ありがとう、スミレ」

「ユウ！　私がこっちを支えるわ」

「ユージン、私が！」

反対側にアイリとサラが俺の方に駆け寄ってきて、間近で対面した。

「「……」」

一瞬、驚いた顔をしたあとサラがニッコリと微笑《ほほえ》む。

「アイリ皇女殿下。私の恋人のユージンの世話は、私たちで行いますので。ねぇ、スミレちゃん」

「え？　あ、うん」

スミレがこくこくと頷《うなず》く。その言葉にアイリも優雅に微笑む。

「いえ、それには及ばないわ、聖国カルディアの聖女候補様。ユウは帝国の恩人ですから、私が責任を持って対処しますから。さあ、ユウ。私の手を取って」

「ユージン、私よね？」

「ユウ？　わかってるでしょ？」

「ユージン」「ユウ」

サラとアイリの大きな瞳がこっちに迫る。

なんだ、この状況。スミレは興味深そうに、こっちを覗《のぞ》き込んでるし。

おい、面白がるな。

「一人で歩けるから大丈夫だよ。ありがとう、アイリ、サラ」

選べなかった俺は、ゆっくりとドアに向かって歩いた。

「あーあ。逃げたな、ユージンさん」

後ろではすでに立ち上がっているベルトルド将軍のぼやきが聞こえた。

うるさいぞ、ベルくん。

「どうぞ、こちらへ」

俺は宰相閣下を先頭に、皇帝陛下がいる広間へと向かった。

「これは……」

てっきり謁見の間に呼ばれると思ったのだが、意外にも案内されたのはエインヘヤル宮殿でもっとも大きなパーティー用の大広間である『黄金鏡の間』だった。

そこでは多くの貴族や将校たちが、豪奢《ごうしゃ》なドレスや立派な服装で宴《うたげ》に興じていた。

広間では、演奏楽団が優雅な音楽を奏でている。

テーブルには山盛りのご馳走《ちそう》と高価な酒が並んでいた。

「大魔獣討伐の祝勝パーティーなんだって。さっきまでサラちゃんと一緒にいたんだー。本当はユージンくんと一緒にいたかったんだけどね」

「一人だと気後れするから、スミレちゃんがいて助かったわ」

こういった場に慣れてそうなサラでも、驚くほどの賑《にぎ》わいらしい。

確かに先日学園で魔王エリーニュスを撃退したパーティーも派手だったが、それを数倍規模を大きくしたものに思えた。

こん、と頭をこづかれる。

「何を他人事《ひとごと》みたいな顔をしているのよ。あなたが主役なのよ？」

「アイリ？」

「ほら、しゃんとして。背を伸ばす！」

ばん！　と背中を叩《たた》かれる。背筋が伸びた。

すっ……、とアイリが息を吸うのが聞こた。

「皇帝陛下!!　ユージン・サンタフィールドを連れてまいりました！」

アイリの声が広間中に響き渡る。会場の人々が一斉にこちらへ振り向いた。

パチパチ……とまばらな拍手が起き、それが徐々に大きくなる。

やがて大きな、割れるような拍手となった。

「ほら、行くわよ」

アイリが俺の手を引っ張る。

「がんばってねー」

「いってらっしゃい」

スミレとサラは来ないらしい。

聞けば、すでに宰相閣下からお礼は言われていたようだ。

気がつくと演奏の曲も華やかなダンス用のものから、勇ましい軍曲に変わっている。

皆の視線が集まるのを、やや居心地悪く思いながらも俺は皇帝陛下の前へやってきて、膝を折った。

「ユージン・サンタフィールド参上しました」

「楽にしろ、ユージン。この度は大儀だった」

皇帝陛下が口を開くと同時に、拍手やざわめき、演奏が止まり広間内を静寂が支配する。

「ありがたいお言葉です」

「望みの褒美をとらせよう。貴様の父と同じ『大将軍』の地位でもよい」

会場がざわつく。本気だろうか？

大将軍ともなれば、貴族の中では最上位の公爵に相当する。まぁ、本当に帝国軍を率いる立場ではなく名誉職としての地位なら理解はできる。

そうすればもう生涯安泰ではあるが……。皇帝陛下は、何も言わず俺の言葉を待っている。

周囲の視線が、俺に集まっている。

「「……」」

スミレとサラがこちらを見つめている。

特にスミレが心配そうな表情だった。

(心配しなくても、『天頂の塔《バベル》』の探索を止《や》めたりしないよ)

俺がスミレの目を見て頷くと、想《おも》いが伝わったのかスミレも頷き返してくれた。

他に気になる視線は。

(アイリ……)

幼馴染《おさななじみ》の目だった。俺を見つめる目は、優しかった。

出会った頃からずっと。

帝国軍士官学校の『選別試験』の日。

裏切られたと思っていた。俺の『才《アビリティ》』を見限って、見捨てられたと思っていた。

けど、それは誤解だった。幼馴染は変わっていない。

俺たちは、お互いにずっとすれ違っていた。

（思っていることは、言葉にしないと駄目だったな）

不貞腐《ふてくさ》れて、何も言わずに国外へ旅立った俺と。

その俺を想い続けてくれたアイリ。

俺は言うべき言葉を決め、皇帝陛下のほうを向いた。

「皇帝陛下！　自分の望みは一つだけです」

「聞こう」

俺は少しだけ間を開き、自分の望みを伝えた。

「今回の大魔獣の討伐は、アイリ皇女殿下の成果として皇位継承権へ反映させてください」

大広間にいる人々が一斉にざわめいた。

特に大きく反応したのは、もちろん幼馴染だ。

「何を言ってるの、ユウ！　馬鹿なことを言わないで……」

「いいだろう、ユージン」

娘の言葉を遮ったのは、皇帝陛下だった。

「父上！　いけません、ユウの功績を横取りするような」

「アイリよ」

皇帝陛下の声が響く。


「そなたを皇位継承権第一位とする」


「「「「「なっ！！！」」」」」

大広間の人々から驚愕《きようがく》の声が漏れ出た。

「皇帝陛下！　なぜですか!?」

「納得ゆきません！」

前へ進み出たのは、確か第二皇子と第三皇女。そして皇位継承権第二位と第三位の御二《おふた》
人《り》だ。いや、元二位と三位か。

「ふむ、説明が必要か？」

皇帝陛下は面倒そうに、頬杖《ほおづえ》をついて答えた。

「この中で二百年、帝国繁栄を妨げてきた大魔獣ハーゲンティを討伐するよりも大きな功

績を上げたと言える者はいるか？　もしもいるなら、その者に皇位継承権第一位を与えよう。どうだ？」

「「「…………」」」

皇帝陛下の言葉に、その場にいる皇族の面々がそろって押し黙る。

アイリはいまだにオロオロしている。

「はははは っ！」

大きな笑い声が響いた。元皇位継承権第一位のアシュトン皇太子殿下だ。

「おめでとうアイリ」

「あ、アシュトン兄様？」

「父上がおっしゃられたグレンフレア帝国にもっとも貢献した者に、次代の皇帝の座を譲る。その席には大魔獣討伐の功績を上げた者こそふさわしい」

「で、でもそれはユウが……」

「ユージンを連れてきたのはアイリだろう。資格はある。さて、私は皇帝ではなく元帥でも目指そうか」

どうやらアシュトン皇太子殿下は、この結果を受け入れているらしい。

「アイリ、次代皇帝としてより精進するがよい。では、宴に戻るぞ」

そう言うや、皇帝陛下は退室していった。アイリはぼんやりしている。

が、突然「はっ！」としたように、俺にかけよってきた。

「ユウ……あの……私、なんてお礼を言ったらいいか」

「よかったな、アイリ」

敬称を思わずつけ忘れた。

「ユウ！」

幼馴染は、潤んだ目をして俺の手を握った。その頬は桃色に染まり、俺の手を握るアイリの手は熱っぽかった。

身体《からだ》がぐいっと寄せられ、その体温の高さを感じる。

「アイリ？」

「ねぇ……私にはやっぱりユウが必要なの。お願いだから帝国に戻って私を支えて欲しい」

宴でざわめく大広間の中。

幼馴染から告白をされた。

昔から知っている幼馴染からは考えられないくらい、しおらしい態度でアイリが訴えた。

蒼玉《サファイア》のような深い青色の瞳がまっすぐ俺を貫く。

「アイリ……」「ユウ……」

気がつくと俺たちは、間近な距離で見つめ合っていた。こんな風に見つめ合うのは、二年前のあの時以来だ。

再会してからも、ずっと俺とアイリの間には壁があった。

多分、壁を作っていたのは俺で。

アイリも必要以上に近づいてこなかった。けど、その壁が今日崩れた気がする。

（けど、俺はまだ帝国に戻ることはできない）

相棒であるスミレとの約束。そして、サラとの関係。

今の俺の居場所は、リュケイオン魔法学園だ。なんというべきか……。

迷っているうちにアイリの手がゆっくりと俺の頬に伸びて、細長い白い指が触れる寸前。

「お取り込み中のところ失礼いたしますね☆　伝説の大魔獣を討伐したユージン・サンタフィールド様」

歌うような高い美しい声で話しかけてきたのは、純白の修道服に身を包んだ運命の巫女《オリアンヌ》様だった。

「……何でしょうか？　オリアンヌ様」

幼馴染《アイリ》の表情が一気に不機嫌になる。

（現在のアイリは皇位継承権第一位。つまりは次期皇帝の不興を買ってまで割り込んできた？）

なにか狙いがあるに違いない。と、俺が巫女《みこ》様に視線を向けると。

（げ）

オリアンヌ様の後ろに、サラとスミレの姿が見えた。

きっと説教をされるな、と思って覚悟をしたのだがどうも様子がおかしい。

サラの表情が虚《うつ》ろだ。心ここにあらずという感じ。

スミレはサラを心配そうにしつつ、俺にじぃーと湿度の高い視線を送ってくる。

大丈夫だよ、スミレ。約束を破ったりはしない。

「どういったご用件でしょうか？　オリアンヌ様」

聖女様に名前を呼ばれたのは俺だ。無視するわけにはいかない。

「ふふふ、サラに関することでお話が。実は昨日に決定をしていたのですが大魔獣との決戦に備えてお伝えしていないことがありまして。こっちへいらっしゃい、サラ」

「は、はい！」

運命の巫女様の後ろにいたサラが、前に一歩出る。

意味ありげな視線を向ける運命の巫女様。一方、サラは俺を不安そうな目で見つめる。

（……何だ？）

その疑問は、オリアンヌ様の言葉ですぐに判明した。

「実はですね……。聖女候補であったサラがこの度、『次期聖女』へと内定いたしました。

それにともないサラ・イグレシア・ローディスから『サラ・イリア・カルディア』と名が

変わります。ユージンさんは聖女サラの婚約者として、末永くよろしくお願いしますね☆」

「…………え？」「なっ⁉」

俺とアイリが絶句する。

「サラ？」

「し、知らなかったの！　私もさっき知らされたばかりで……」

だからさっきから態度がおかしかったのか。それに気になることが。

「聖女になるには民衆からの投票で決定すると聞いています。そんなにすぐは決まらないはずですよね？」

「ふふふ、実はサラが次期聖女になるよう女神様の神託があったのです。信任投票は行いますが、決定と言ってよいでしょう。聖国にとって女神様の御言葉《おことば》は絶対ですから」

「そうですか……。しかし、さっき言ったサラの婚約者というのは……」

俺がさらに疑問を尋ねたところ。

「やってくれましたね、オリアンヌ様」

会話に割り込んできたのは、エカテリーナ宰相閣下だった。

「何かあったのですか、宰相閣下？」

俺が尋ねると、答えたのは運命の巫女様だった。

「聖国カルディアでは現在ある噂《うわさ》が広がっています。曰《いわ》く『次期聖女に決まったサラとその婚約者である帝国の若い剣士ユージンが大魔獣ハーゲンティを討伐した』という噂です」

「オリアンヌ様、白々しいことをおっしゃらないでください。噂の出処《でどころ》が『女神教会』であることは帝国の諜報部《ちょうほうぶ》から聞いております」

エカテリーナ宰相閣下がぴしゃりと言う。オリアンヌ様はニコニコするだけで、否定も肯定もしない。

「ユージンくん、サラちゃんと結婚するの？」

「いや、スミレ。俺も今聞いたばかりで混乱してて……」

スミレの言葉に、俺は焦った。

「ふふふ……、問題ありませんよ、スミレさん。サラが『次期聖女』になったとはいえ、現役の『八人の聖女』は皆様壮健ですからね。サラが聖女へと成るのは十年以上先でしょう。その間にゆっくり『天頂の塔《バベル》』を攻略してくださいね☆」

「は、はぁ……」

スミレが戸惑ったように頷《うなず》く。いや、そういう話じゃなく。

「ユージン殿は、帝国の英雄です。勝手に進退を決められては困りますね」

俺が言うより先に言いたいことを宰相閣下が言ってくれた。

が、オリアンヌ様の笑顔は一切崩れない。

「ええもちろんです。帝国の英雄の妻ともなれば、やはり聖国カルディアの最高指導者の立場を与えねばなりませんからね。きっと英雄と聖女の夫婦は、グレンフレア帝国と『神聖同盟』の盟主カルディアの良き架け橋となるでしょう☆」

「「「……………」」」

一片の曇りもない笑顔で、俺とサラは『政治の道具』だと言い切った。

ここまで人扱いされてないと、むしろ清々《すがすが》しい。

——聖国カルディアの聖女は腹黒い。

噂は噂以上だった。運命の巫女様、怖い。

とは、いえ言われっぱなしは癪《しゃく》だ。

「それは……」

「そんなことは認められません！」

俺の言葉が、幼馴染《おさななじみ》のセリフに遮られた。

「あらあら、アイリ皇太子殿下。我が国の次期聖女と帝国の英雄の仲を祝福してはくださらないのですか？」

「そ、そんな勝手に決めたらユウが困ってるでしょう！　ねぇ、ユウ!!　そうでしょう!?」

アイリが言うと、運命の巫女様はにやりとした。

「では、ユージン様のお気持ちが大事と？」

「そ、そうよ！　ねぇ、ユウ！　結婚なんてまだ早いでしょう!?」

運命の巫女様と幼馴染の視線が、こっちに集まる。

いや、サラとスミレ、宰相閣下もだ。

「俺は……」

口を開き言葉を発しようとした時。

「でも、それは言うまでもありませんね☆」

またしても運命の巫女様が割り込んできた。おい、そろそろ話させてくれ。

「あのですね、オリアンヌ様……」

俺が苦言を呈しようとした時。

「だって、つい昨日うちのサラとそちらのスミレさんと共にあんなに『熱い夜』を過ごされたじゃないですか☆　残念ながら懐妊はしなかったようですが」

「「「「なっ!?」」」」

運命の巫女様の爆弾発言に、その場が凍りつく。

「オリアンヌ様!?」「聖女様!!」

サラとスミレが真っ赤な顔になる。

「ユージン殿……、まさか聖国の次期聖女に手を出したのですか……」

宰相閣下が大きくため息を吐《っ》いた。昨日は次期聖女ではなかったが……、そういう問題ではないか。その時、背中がぞわりとした。

(さ、殺気!?)

その主が誰なのか、考えるまでもない。

「ユウ……、そうなんだー……へぇー……」

「あ、アイリ……」

幼馴染の目に光がない。表情が消えている。すっ、とアイリが一歩俺に近づく。

「バカー!!!!!!!!!」

次の瞬間、俺の側頭に稲妻のような蹴りが飛んできた。

反射的に防御をしても、その上からふっ飛ばされた。

弐天円鳴流の蹴り技を久しぶりにくらった。

数回地面を転がりながら、受け身をとった時には「たたたっ!」とアイリが駆け去っていった。周りの人々が、なんだなんだとざわついている。

「あ、アイリ……」

結局、幼馴染からの質問に返事ができなかった。

「仕方ないですねー……」

宰相閣下がアイリの去った方向へ向かった。

「ユージン……」

ふらふらとサラがこっちにやってこようとして。

「サラはこれからお話がありますよー。あとスミレさんもできればご一緒に☆」

運命の巫女様《みこ》がサラとスミレの手を摑《つか》む。

「ユージン～」「ユージンくんー」

二人は引っ張られて行ってしまった。なぜ、スミレまで……？

俺はそれを見送ることしかできなかった。しばらくその場に呆然《ぼうぜん》としていたら。

「よう、ユージン。さっきアイリちゃんが泣きながら走っていったぞ？　何したんだ？」

「お、親父《おやじ》!?」

いきなり後ろに親父が現れた。いつのまに。

「大魔獣の瘴気《しょうき》を浴びて、重傷って聞いたけど」

「もう治った」

見たところ大した怪我《けが》をしている様子はなかった。まぁ、元気そうならなにより。

「おい、ユージン・サンタフィールド！」

反対側から肩を叩《たた》かれた。そこにいたのは、金髪碧眼《きんぱつへきがん》の美男子――ベルトルド将軍だった。

(姉さんが泣いてたぞ、何をしたんだ?)

こそっと尋ねられる。

(いや……いろいろと事情が)

(あとで私が八つ当たりでひどい目にあうんだが)

(それは……すまない)

横暴な姉のいる弟の悲哀をみた。その後も、色々な人に絡まれ。

その間、アイリは姿を現さなかった。


「はぁ……」

俺は人混みを抜け出し、パーティー会場の端っこにある椅子に腰かけた。

そういえば、パーティーで何も食べていないことを思い出した俺はそのへんの小皿をいくつか持ってきた。

生ハムやチーズなどを口に運ぶ。何か飲みたくなった。

大きなテーブルの上には、注がれた葡萄酒《ワイン》や火酒が並んでいる。

どれにするか迷っていると。

「あの〜、ユージンくん……?」

声をかけられた。若い女の声。いかにも恐る恐るといった声色。

「…………」

一瞬、誰の声かわからなかった。だけど聞き覚えがあった。

俺はそれを思い出すより前に、なんとなく振り向いて……固まった。

二年前、忘れもしない帝国軍士官学校の『選別試験』。

その時、俺は欠陥『白』魔力《マナ》のみの結果が出たことで幼馴染に見捨てられた……と思い込んでいた。

「ひ、久しぶりー、お元気そうで……」

「……ああ、久しぶりだな」

目の前でとても気まずそうにしているのは、士官学校時代の知り合い。

俺が学校を辞める原因となった発言をした幼馴染《アイリ》の友人だった。

「あ、あの～、ユージンくん？　えっとぉ……」

アイリの友人が、もじもじとこちらを見つめてくる。

暗い茶色《ダークブラウン》の髪を後ろで束ね、紫がかった瞳がこちらを見つめる。

名前と姓は――カミッラ・ヴェーナ。

帝国の下級貴族の次女、だったと記憶している。

「何か用か？」

我ながら冷たい声が出た。士官学校時代はそれなりに会話をしたことはあるが、正直最後の印象が悪すぎて忘れてしまいたい相手だった。

「いや～、ほら。前に会った時にちょっと酷《ひど》いこと言っちゃったかなーって。あの時はゴメンね☆」

「…………」

へらへらと謝られ、俺は無言で立ち上がった。

そして会場を出ようと外へ向かう。

「ちょ、ちょっと、待って！　まだ怒ってるの!?」

言わなくてもわかるだろう、と思ったが彼女はわからなかったらしい。

そういえば昔からあまり空気を読まない女だった。

早歩きで去る俺をアイリの友人のカミッラが追ってくる。

しばらく無視すると諦めるかと思ったが、どこまでもついてくるようだ。

廊下をしばらく歩いたところで、俺は仕方なく立ち止まった。

周りにひと気はない。

「あ、あの～、どうしたら許してくるかな？」

まだそんなことを言ってきた。

――ねぇ、ユージンくん。察してよ。皇女のアイリはこれから大事な時期なの。才無しのキミと一緒に居て変な噂《うわさ》を立てられちゃこまるでしょ？

――ぷっ……、欠陥の白しか無いくせに、帝の剣《インペリアルソード》って
（この女……）

二年前の忌々しい言葉が蘇《よみがえ》った。

俺の剣呑《けんのん》な目つきに、流石《さすが》のカミッラも悟ったらしい。

「もしかして……まさかそんなはずないと思うんだけど……ユージンくんが士官学校を辞めたのって私のせい？」

「おまえのせいだよ!!」

あまりの察しの悪さに思わず怒鳴った。

「嘘《うそ》でしょ!?」

「なんで嘘だと思うんだよ！　あれを言われた翌日に退学したんだぞ！」

「えええええっ！　だってー、ユージンくんがいなくなったあと帝の剣《インペリアルソード》様が士官学校に『息子はリュケイオン魔法学園に修行の旅にでた。しばらくはそっとしておいてやってくれ』って言いに来たから、私たちは『あー、そうなんだー。修行の旅にでたんだー』って納得したし」

「親父が……？」

初めて知った。けど、選別試験の結果が出た一年くらいはずっと腐っていたから士官学校の知り合いに尋ねられても顔も見たくなかった気がする。

だから親父の配慮は正しかった。

「でもねー、アイリや士官学校のみんなから『おまえの言葉はありえないから、あとで謝っとけ』って言われて……謝りにきました……てへ☆　許して♡」

あざとく謝る仕草に再びイラッときた。

「そ、そんな怖い目をしないでよー。ほ、ほら。許してくれるなら、何でもするから！」

「何でも？」

そんなこと言われてもな。特にしてほしいことなんて……。

この時、ふと気付いた。

カミッラの着ている軍服。

グレンフレア帝国の国章はついておらず、非常に地味なものだった。

一見すると庶民のように見えるそれは……

「諜報部《ちょうほうぶ》に入ったのか」

「そ、そうそう！　私って戦闘技能低くて、頭も悪いんだけど割と誰とでも仲良くなれるからスパイに向いてるんじゃないかって、先生に言われて。だから結構情報通だよ！　知りたいことがあったら何でも聞いて」

「………そうか」

俺はその言葉を聞いて、閃《ひらめ》いたことがあった。

「カミッラ、こっちに来てくれ」

「え？」

「何でも聞くんだろ？」

「う、うん」

俺は入り組んだ廊下を迷いなく進んだ。

エインヘヤル宮殿内で、どこが人が通らない場所かは把握している。

子供のころに散々、アイリと一緒に探索し尽くしたから。

やがて誰も使用していない空き部屋が並ぶ場所へたどり着いた。

そのドアノブの一つを回し……、記憶通りそこは鍵が壊れており空き部屋に入ることができた。

俺は先に部屋に入り、カミッラも中に入るように促す。

「ゆ、ユージンくん。ここって……?」

「昔は帝国の捕虜を囚《とら》えておく部屋として使っていたらしいけど、今は使われていない」

そう言いながら俺は鍵が壊れたドアに、結界魔法をかける。

ガチャン！　という音と共にドアノブが固定された。

これでこの部屋には誰も入れず、出られなくなった。

カミッラもそれを悟ったのか、俺から後ずさる。

「ユージンくん、もしかして……」

「人には聞かれたくない話だからな」

と俺が言うと、カミッラが驚いたような顔をして自分の身体《からだ》を両手で抱きしめた。

「そういうことなのね……。わかった」

「……？　まだ何も言ってないんだけど」

俺が訝《いぶか》しんでいると、カミッラは少しだけ頬を染めて自分の上着のボタンに手をかけて、それを一つずつ、外しはじめた。

（……え？）

俺があっけにとられていると、彼女の上着は前がはだけて肌の色と地味な下着があらわになる。さらにスカートのファスナーに手をかけたところで、慌てて止めた。

「ま、待って！　なんで服を脱ぐんだ!?」

「え？　許してほしければ裸になれってことで、ひとけのない所に連れてきたんじゃないの？」

「ちがう！　服を着ろ！」

「別にいいよー、減るもんじゃないし」

カミッラは前をはだけたまま、後ろに手を組んでこちらを上目遣いで見つめる。

「ぐ……」

ペースを乱された。わざとやっているのだとしたら、大したものだ。

（ま、関係ないけどな）

俺はカミッラに気づかれないように、こっそりと地面に魔法陣を張った。

魔法陣の術式は『契約』。

リュケイオン魔法学園で習い、エリー《まおう》に使い方を教わった。出番があるとは思っていなかったが。何事も真面目に授業を受けておくものだな。

「じゃあ、改めて。カミッラに頼みたいことがある。『何でも言うことを聞く』といったよな？」

「うん、何でもするよー☆」

カミッラは安易にそう言った。

（魔法使いとの会話としてはゼロ点だな）

リュケイオン魔法学園なら赤点で、再試験間違いなしだ。

士官学校で習う魔法は、直接的な攻撃魔法やその傷を癒やす回復魔法が多い。

だから魔法使いと会話する時の『言葉』の重要さをあまり把握していない。

「じゃあ、右手を前に出してくれ」

「？　うん」

特に疑う様子もなく、彼女は手を差し出す。俺はその手を摑《つか》んだ。

「ど、どうしたの、ユージンくん」

「カミッラ・ヴェーナ」

「は、はい」

俺の真剣な口調に、カミッラが緊張した表情にかわる。

「諜報部として知り得た情報をユージン・サンタフィールドに全て報告しろ。そして、その事実を誰からも隠せ」

「な、何を言ってるのよ。そんなことできるわけ……」

そう。できるわけがない。

諜報部で得た情報は外部へ漏らせない。

だから俺は魔王《エリー》から借りた呪いを司《つかさど》る藍色の魔力《マナ》を使い魔法を発動した。

「ユージン・サンタフィールドはカミッラ・ヴェーナと契約する」

「はうっ！」

びくん！　とカミッラの身体が大きくのけぞる。

見るとカミッラの左胸に黒い羽の入れ墨のような模様が浮かんでいる。

(結果的には服を脱いでもらって確認の手間が省けたな)

契約は成立した。

「ゆ、ユージンくん!?　一体、私に何をしたの!?」

「言葉の契約《のろい》だよ。何でも言うことを聞くって言っただろ？」

「もしも約束を破ったり、呪いを解こうとしたら……？」

「試してみたらいいんじゃないか」

俺がそう言うとカミッラの顔がひきつった。

確か彼女は魔法の成績はよくなかったはずだ。

自力で解くのは無理だろう。

「あの……、でも何をユージンくんに伝えたらいいの？　私は諜報部だと新人だしそんなに深い情報には関わっていないし……」

「それなら大丈夫。俺が知りたいのはアイリのことと、アイリの敵になりそうなやつの情報だけだから」

「アイリの？」

カミッラが首をかしげる。

「でも、さっきアイリがよりを戻そうって言ってたのをユージンくんは了承しなかったって諜報部に情報が出回ってるよ？」

「早すぎないか!?」

「今やアイリは、次期皇帝なんだからそれくらい当たり前」

「当たり前かー」

皇帝になるって大変なんだな。

「ふうん、で。ユージンくんにアイリの情報を伝えればいいんだね？」

「ああ、何かあったら教えてくれ。その時は帝国に戻るから」

俺は天頂の塔《バベル》の探索をやめるわけにはいかない。スミレとの約束がある。

けど、もしアイリが困って助けを求めていたら駆けつけたい。

ただ、おそらくアイリの性格だと自分から助けを求めない。

だから情報を伝えてくれる人が必要だった。

親父《おやじ》でもいいのだが、帝の剣の立場上忙しいだろうし。

諜報部に所属して、俺に借りがあり『何でもする』とまで言ってきたカミッラが適任だ。

「じゃあ、会場に戻るか」

「ちょ、ちょっと。待って待って」

俺はドアにかけた結界を解き、廊下へ出るとカミッラが慌ててついてくる。

もちろん、脱いだ服は戻してから。

廊下を歩く時、カミッラが話しかけてくる。

「ねーねー、ユージンくんって結局アイリのことはどう思ってるの？」

「関係ないだろ」

「あるよー、次期皇帝の想《おも》い人《びと》なんだから」

「というかよく普通に話せるな。俺はさっきおまえに魔法《のろい》をかけたのに」

「んー、正直もっと酷《ひど》いことされると思ったんだよねー。まったく手を出されないから
びっくりしちゃった」

「もし手を出していたら？」

「ユージンくんを骨抜きにする自信があるんだけどなー♡」

上目遣いで見つめてくるその目は本気にみえた。

「ねー、手は出さないの？」「出さん！」

絶対にこの女には手を出すまいと誓った。

ろくなことにならない予感がする。

しばらくとりとめのない会話をして、会場の近くまで戻ってきた。

「じゃーねー！　あとで連絡するねー☆」

呪いをかけた相手に、笑顔を向けてカミッラはタタタッ！　と走り去っていった。

あの図太さは見習いたい。

(帝国に戻ってきてよかったな)

二年前、選別試験での苦い記憶。それを吹っ切ることができた。


「あっ！　ユウ！　ここにいた！」

名前を呼ばれた。誰なのかは振り返るまでもなかったが、もちろん振り返る。

俺をじぃっと睨《にら》む幼馴染《おさななじみ》だった。

「アイリ、あのさ……」

「……ふん。いいわよ。よく考えたら恋人なんだからそういうことだってすることくらい予想できたんだし。それよりちょっとこっちに来て」

幼馴染に手を引っ張られる。

エインヘヤル宮殿でも厳重な警備の場所。

常に幾人もの見張りが巡回するため、子供の頃の俺でも来たことがなかった場所。

「アイリ、ここって……」

「宝物庫よ。昔一緒に忍び込もうとして怒られたの忘れた？」

「よーく覚えてるよ」

確か侵入者を即死させるようなトラップが仕掛けられていて、危うく死にかけた。

その後、たくさんの大人にめちゃめちゃ説教された。

「なんでここに？」

「さっき皇帝陛下《ちちうえ》から言われたのよ。大魔獣を倒した英雄を手ぶらで帰すのは悪いって。だから、宝物庫にある三級以下の宝具から褒美を選ばせろって」

「別にいいのに。神刀をもらったんだから」

「あれは事前に与えたものでしょ。もらえるものはもらっておきなさいよ」

そう言いながらアイリは先に進む。やがて分厚い鉄の扉の前にやってきた。

扉には複雑な魔法陣が描かれている。

リュケイオン魔法学園の『禁忌』の――第七の封印牢《ふういんろう》にも劣らない高位な封印だ。

「入るわよ」

「はっ！　アイリ様！」

そういうや衛兵が時間をかけて門を開いた。

俺とアイリは、分厚い扉をくぐる。

中は黄金の光で溢《あふ》れていた。

「これは……」

「凄《すご》いわね……」

俺とアイリは言葉を失った。

部屋の中は広く、リュケイオン魔法学園の大講堂室くらいあった。

その中に所狭しと、黄金や宝石、そして数々の魔法具が並んでいる。

ぽかんとしているアイリに、俺は聞いた。

「初めて入ったのか？」

「そ、そうよ！　皇位継承権一位になったなら、いずれここにあるものは自分のものになるから先に見ておけって皇帝陛下《ちちうえ》が……」

「へぇ……」

俺は改めて宝具が所狭しと並んでいる宝物庫内を見回す。

確かにこれはとんでもないな。

というか俺のような皇族ですらない部外者を入れてもいいのだろうか……？

「ほら、好きに見て」

「好きにって言われてもな」

貴重なものが多すぎる。一日中使っても全ては見れないだろう。

どうしたものかな、と思いながら俺はゆったりと部屋内を歩く。

アイリは指輪やネックレスなどの装飾用の魔法具に興味があるようで、真剣に見ている。

（あれは……？）

部屋の奥に忘れ去られているかのように、目立つ宝具があった。

大きな鏡だ。最初は壁かと思った。高さは俺の身長のゆうに倍以上。

巨人でも映すのかという大きさだ。

「なぁアイリ、あの大きな鏡って何だ？」

「それは持って帰ったら駄目よ。第一級の宝具なんだから」

「持って帰らないって」

どうやって運ぶんだ。あんな巨大な鏡。

「あれは『アカーシャの鏡』って言って、未来を映すとか真実を映すとか色々言われているけど、百年以上は全然動かなくって……。でも、かつて帝国の危機を何度も救ったとも言われているから宝具としてしまわれているの」

「ふーん」

初めて聞く話だ。俺はなんとなくその魔法の鏡に近づいた。

鏡と言う割にその表面は光すら反射しない漆黒だ。

近づいてみるが、自分の顔すら映らない。

「なにやってるの、ユウ」

「いや、何か映るかなー？　と思って」

「百年以上、何も映らないって言ってるでしょ」

呆《あき》れたように言われた。その時。

…………………………ワー！　ワー！　ワー！　ワー！

…………………………ガチャガチャガチャガチャガチャガチャ
……………………ドン！　ドン！　ドン！　ドン！　ドン！

小さな音が聞こえた。鏡の中からだ。

「ん？」

ふと目を凝らすと、うっすらと何かが映っている。

「お、おい。アイリ！　鏡に何か映ってる！」

「えっ！　本当？」

アイリが驚いたようにかけつけ、怪訝《けげん》な顔をした。

「何も映ってないわよ」

「あれ？」

どうやら俺にしか視《み》えないらしい。

「何が視えるの？」

「それは…………………え？」

次第にはっきりしてくる映像。

それを見て、俺の口から間の抜けた声が出た。

未来を映す宝具『アカーシャの鏡』。

そこには『グレンフレア帝国』『神聖同盟』『蒼海《そうかい》連邦』の大軍が激突し、殺し合う——

戦争の様子が映っていた。

エピローグ／天使の苦言

「じゃあな、ユージン。身体《からだ》に気をつけろよ」

「ああ。行ってくるよ、親父」

俺は迷宮都市《ダンジョン》へ戻るため、飛空船の停留所へやってきていた。

普段は皇帝陛下のそばを離れることのない親父が、今日はわざわざ見送りにきてくれた。

そして、親父以外にも来てくれた人たちがいる。

「ユージン殿。貴方《あなた》から聞いた『例の話』は、私から皇帝陛下の耳へ入れておきます」

「恐れ入ります、エカテリーナ宰相閣下」

俺は小さく頭を下げた。未来を映す宝具『アカーシャの鏡』で視たもの。


――帝国軍対、聖国と蒼海連邦との戦争の様子

どちらが発端となったのかはわからない。

だが、間違いなく南の大陸内で大きな戦争が起きていた。

俺はその事実を帝の剣《インペリアルソード》である親父と宰相閣下に報告をした。

「それにしても困りましたたね……、まさか百年起動していなかった『アカーシャの鏡』がそんな未来を映すなんて」

　宰相閣下が悩ましいというふうに指を口元にあてる。

「まぁまぁ、エカテリーナ様。そういったことがないよう、帝国の英雄と我が国の次期聖女が結ばれるわけですから」

　ニコニコしているのは、聖国カルディアの聖女様であり運命の女神オリアンヌ様だ。

　ちなみに運命の女神様の予知でも、『戦争が起きる』可能性は高い、という話だった。

　この情報は国家機密らしいのだが……。

「ユージンくんは平和の架け橋というわけですか」

「近々大魔王が復活しますからね。これからも帝国と聖国は良き隣人でありましょう☆」

　笑顔以外の表情がないかのような運命の巫女《みこ》様からは、何も感情が読み取れない。

「地理的には遠いといえ、北の大陸を支配する魔王たちと復活する大魔王。それだけでなく南極大陸を縄張りとする世界最古の大魔獣『暗黒竜グラシャ・ラボラス』の姿を見かけたという噂《うわさ》もあります。北極大陸にある最終迷宮《ラストダンジョン》『奈落《アビス》』からは小規模な『集団暴走《スタンピード》』が頻発しているという話ですし……、人間同士が争っている場合ではありませんね」

「ええ、まったく。よろしくお願いしますね、ユージンさん☆」

「は、はい。善処します」

俺は運命の巫女様の言葉にあわてて頷《うなず》いた。

（次期聖女であるサラを無下に扱うなという釘《くぎ》をさされた）

もちろん、雑に扱う気などないが。

その時、視線を感じた。実はさっきから気づいていた。

大きな蒼《あお》い瞳が、じっとこちらを見つめる。

「ユウ……行っちゃうのね。昨日はよくも勝手に帰ったわね」

次期皇帝となった幼馴染《おさななじみ》だった。実は昨日、少しだけ二人で会っていた。

久しぶりに前のような関係に戻れた気がして懐かしかった。

「アイリ、また帝都に戻ってくるよ」

アイリには「最終迷宮《ラストダンジョン》・天頂の塔《バベル》への挑戦を続ける」ことは伝えている。

帝国でアイリを支えるという提案は魅力的だったが、スミレとの約束が先約だったから。

「絶対に、私が呼んだらすぐに戻ってきて」

「ああ、わかってるよ」

アイリの手が俺の腕を摑《つか》む。きらきら光っている美しい金髪がすぐ目の前にある。

顔が近い。もう一歩前に出るとキスをしてしまいそうな……。

（ね、サラちゃん。あれってマズくない？）

（危険ね。行くわよ、スミレちゃん！）

（えっ!?　ちょ、ちょっと）

ヒソヒソ声と、こちらへ近づく足音が聞こえた。

「ユージン、そろそろ出発の時間よ」

サラが声をかけてきた。

アイリの表情が真顔になる。

「わかった、サラ。そろそろ行……」

「駄目よ、ユウ。もっといて」

がしっ！　とアイリの手が俺の腕を強く握った。

なんなら肩にも手を置かれ、俺は動けなくなった。

「いくわよ、ユージン」サラも俺の腕を摑む。

次期聖女様と次期皇帝陛下に両腕を摑まれ、動けなくなった。

（ど、どうする……？）

俺が次の行動を迷っていると。

「ユージンくん～、帰るよー!!」

スミレが強引に俺に抱きついてきた。

「………」アイリが不服そうな顔をするが。

しばらく迷ったような顔をして、俺の腕を離した。

「じゃあな、行ってくるよ」

「…………」

「アイリ？」

「うっさい！　さっさと天頂《バベル》の塔を攻略して戻ってきなさいよ！」

バン！　と肩を思いっきり叩《たた》かれた。

避《よ》けることはできたが、避けなかった。おかげで肩が痛い。

「若いっていいですねー」

「あまり気が多いのは感心せんが……」

「あら、お堅いですよジュウベエ様。英雄は色を好みますから」

「むぅ……」

宰相閣下と親父《おやじ》の雑談が耳に痛い。

俺を睨《にら》む幼馴染に手を振り、俺は迷宮《ダンジョン》都市へ向かう飛空船に乗り込んだ。

◇

「わー、高いーー！　気持ちいーー！」

「帝国の飛空船も乗り心地は悪くないわね」

スミレは行きと同じくはしゃいでいる。

サラはそれより落ち着いているが、テンションは高い。

「二人とも食堂にでも行かないか？」

あまり騒いでいるとまた注意されるかもしれないと思ったので、俺は食事に誘った。

「いいよー、行こうー！」

「そうね。混む前に行きましょう」

賛同を得られ、俺たちは飛空船の大食堂へ向かった。


中途半端な時間だったので、食堂は空《す》いていた。

俺はパンと分厚いステーキを。スミレはベーコンとトマトを炒《いた》めたパスタ。サラは、魚の揚げ物とサラダを注文した。

しばらくは食事を楽しみながら、三人で雑談した。

「ねぇ、ユージンくん。あの映像って天頂の塔《バベル》の様子だよね？」

スミレが指差す方向には大きな中継装置《サテライトシステム》があった。

画面ではリュケイオン魔法学園の生徒が、どこかの階層主《ボス》へ挑戦している。

「みたいだな。扱ってる武器からして『槍術部《そうじゅつぶ》』かな」

探索隊《パーティー》のメンバーは全員が槍《やり》を構えている。

こういった統一された装備の場合は、部活メンバーであるケースが多い。

「おそらく五〇階層のボスへ挑戦してるんでしょうね。学園祭の『武術大会』に出場する条件が五〇階層以上を突破した探索者だから」

「サラちゃん、詳しいね」

「これでも生徒会長よ。当然でしょ」

「学園祭の武術大会か……」

昨年は参加資格がなかった。そもそも攻撃手段すらなかった。

でも今なら……、という気持ちが表情にでたのかもしれない。

「ユージン参加したいの？」

サラがこちらの顔を覗《のぞ》き込んできた。

「俺は……どうするかな。サラは去年参加してたよな」

「そうよ。準決勝で負けちゃった」

「へぇ！　サラちゃんより強い人いるんだ!?　聖剣は使っちゃだめなの？」

「慈悲の剣《クルタナ》を使っても勝てないのよ。剣術部の上位メンバーは、化け物揃《ぞろ》いだから」

「あー、確かに剣術部は強いってレオナちゃんも言ってたかも」

そんな会話を聞くと、出場したくなってくる。

サラいわく、武術大会の当日に飛び入り参加枠というものもあるらしい。

気が向いたら参加してみよう。食事を終えた俺たちは、自由時間にした。

もっとも、俺の部屋にスミレとサラが乱入してくるので、ひとり時間はなかった。

騒がしいまま、空の旅は続いた。

◇翌日◇

俺たちを乗せた飛空船が、迷宮《ダンジョン》都市カラフに到着した。

「やっと着いたー！」

「やっぱり地面が落ち着くわ」

スミレが大きく伸びをして、サラは腕を伸ばしている。飛空船だと剣の訓練があまりできなかった。俺は訓練場に行きたいなと思いながら、上を見た。

天を貫く最終迷宮《ラストダンジョン》・天頂《バベル》の塔。見慣れた光景だったはずだが、懐かしさを感じた。

「じゃあ、ここでそれぞれ解散で……」

俺がいいかけた時。

「サラ会長ー！」

こちらに走ってくる人影があった。

長い髪に上品な眼鏡をかけた彼女は……。

「あら、テレシアさん？　慌《あわ》ててどうしました？」

生徒会庶務のテレシアだった。

「どうしましたじゃないですよ！　サラ会長が予定よりも長く滞在したせいで、仕事が山積みですよ！」

「あー、うん。はい、ゴメンナサイ……」

「ほら！　行きますよ！　私も手伝いますから！」

「ユージンー！　スミレちゃんー！」

サラは悲しそうな顔をしたまま、テレシアに引っ張られていった。

俺とスミレは、それを見送るしかできない。

「おーい！　スミレちゃん！　ユージンさん、おかえりー！」

「レオナちゃん！　ただいまー！」

次にやってきたのは、体術部のレオナだった。

てっきりスミレに用事があると思っていたら、俺の方にやってきた。

「ユージンさん。迷宮案内人《ダンジョンガイド》のアマリリスさんって人から伝言を預かってるよ。なんでも組合《ユニオン》に顔を出してほしいんだって」

「アマリリスさんが？」

彼女は俺たちの探索隊《パーティー》の専属の迷宮案内人《ダンジョンガイド》となってくれている人だ。

「なんだろう？」

「うーん、具体的には聞いてないんだけど緊急な用事らしいよ？」

「わかった。これから行ってみるよ。ありがとう」

俺はお礼を言った。

「どういたしましてー。スミレちゃんはこれからどうする？　今は学園祭の準備で授業は休講が多いよ」

「そうなんだ!?　どうしよっかなー」

「体術部で学園祭の出し物やるんだけど、手伝いに来ない？　人力遊園地っていうの」

「なにそれ!?　面白そう！」

「じゃあ、見学きてよ。火魔法使える人が欲しかったんだ」

「火魔法……あ、私だ」

スミレとレオナは、きゃっきゃ話しながら去っていった。楽しそうだな。

そういえば、生物部は毎回学園祭で『サーカス』をやることになっていることを思い出した。魔物使い《テイマー》が多いから。

（まぁ、そっちは先輩方が勝手にやってくれるから俺はやることないんだけど）

俺が担当している封印の第七牢《だいななろう》『禁忌』にいるのは、外に出せない神話生物ばかりだ。

ひとまず、一人になった俺は伝言に従い迷宮組合《ダンジョンユニオン》のある建物へと向かった。

迷宮組合《ダンジョンユニオン》も久しぶりだ。相変わらず探索者で溢《あふ》れている。

ただ、普段と少しだけ違うのはリュケイオン魔法学園の学生探索者の姿が少ないことか。

きっと学園祭の準備に生徒たちは忙しいのだろう。

アマリリスさんの姿を探したが、その必要はなかった。

俺を見つけたアマリリスさんが、すぐに飛んできた。

「ユージンさん！　待ってましたよ！　こちらへ早く！」

手を引っ張られ個室に連れ込まれる。何か問題があったのだろうか？

「何事ですか？」

「ユージンさん、これを見てくださいよ！　一〇〇階層の管理者からの手紙です」

「管理者……？」

一瞬、考えてから明るい顔の天使の顔が浮かぶ。

一〇〇階層の管理者・天使リータさん。

俺はアマリリスさんから手紙を受け取り、その内容を確認した。

そこには大きく、こう書いてあった。


――どーして折角作った一〇〇階層の『恩恵の神器《ギフト》』全然、受け取りにこないんすかー！！！

一〇〇階層担当『リータ・アークエンジェル』

「……あ」

「なんて書いてあるんですか？」

アマリリスが興味深そうに覗き込んでくる。

俺はそれにすぐ答えられなかった。

（忘れてたわけじゃないんだけど……）

ただ、後回しにしていた。

それは天使さんからの不満《クレーム》の手紙だった。

プンプン
プンスカ

番外編／ユージンと幼馴染

――時は遡って、帝国を去る前夜。

『アカーシャの鏡』で奇妙な未来を視《み》てしまい、それを親父《おやじ》たちに報告して、その後は剣の勇者様やら黄金騎士の面々に囲まれ散々飲まされることになった。

酔いは回復魔法で軽減できるが、体力的な疲れまではとれない。

家に戻った俺は、早々に深い眠りについた。

目を覚ましたのは、誰かが俺の肩を揺らすのに気づいたからだった。

最初はスミレかサラだと思ったのだけど違った。

普段なら部屋に侵入者がいればすぐに気づくはずが、肩を揺すられるまで気づかなかったのは、きっとそれがあまりに俺の家について詳しい人物だからだろう。

いや、彼女なら物音ひとつ立てずに、俺の部屋まで侵入が可能だから。

普段の皇族衣装ではなく、ラフな軽装に着替えた幼馴染《おさななじみ》のアイリが窓枠に腰掛けていた。

ちなみにうちの実家は施錠が甘いこともアイリはよく知っている。

「……アイリ？　何をやってるんだ？」

寝ぼけ眼をこする。

「宮殿を抜け出してきたの。明日には帰っちゃうんでしょ？　夜の帝都を散歩するわよ。付き合いなさい。次期皇帝命令よ☆」

ニカッと昔と同じ笑顔でそんなことを言われたら、拒否する選択肢はなかった。


俺とアイリは夜の帝都に繰り出した。

帝都の夜は騒がしい。

大魔獣ハーゲンティが滅んだとはいえ、北の平原に潜む魔物を警戒するための騎士団は二十四時間の交代《ローテーション》で見張りをしている。

帝都の近くを流れる運河からはひっきりなしに交易品が届く。

帝国最大の商都でもある帝都では、日夜商いが行われているので昼も夜も騎士団や商人をもてなす酒場や色街も賑《にぎ》やかだ。

帝都の繁華街《ダウンタウン》は、『眠らない街』とも言われている。

その中を俺とアイリは、ぶらぶらと散策している。

「ユウと帝都の夜を歩くのって初めてよね」

「そう言えばそうだったか。士官学校じゃ門限が厳しかったし」

士官学校に入る前は、自分の身を守る力もない子供だったので夜に街をうろつくのは禁止されていた。

俺たちが今歩いているのは、いわゆる庶民街だった。

あっちこっちで大声で騒ぐ者や、酔って地面で寝ている者もいる。

お世辞にも治安が良いとはいい難い。

なんでそんな場所を歩いているのかというと、アイリの希望だった。

貴族街でカミッラたち友人と遊ぶことはあるが、庶民街には普段来ないから来てみたかったらしい。

「おい！　どこに目ぇつけてんだ！」

「ああ！　やるのかこの野郎！」

「いいぞ！　やれやれー！」

「どっちも負けるなー!!」

酔っ払いの喧嘩《けんか》が始まり、声援と野次が飛んでいる。

（間違っても皇女殿下が来るところじゃないな……）

俺は嘆息しつつ、ちらりと後ろの気配を探る。

俺たちと適度に距離を取りつつ、後を付けてくる気配が複数。

アイリの護衛者たちだろう。

こんな深夜に皇女様の護衛の仕事とは……申し訳なく感じる。

「ねぇ！　ユウ。あの店なんてどう？　雰囲気ありそうじゃない？」

アイリが指さしたのは、地下へと続く階段と『酒場《バー》』の看板だった。

護衛さんたちのザワつく気配を感じる。

うん、護衛には最悪の立地だね。

しかも下町の地下酒場は、たまに犯罪組織の隠れ家に使われていることもある。

帝都といえど例外ではない。

「アイリ、下町で美味《うま》い酒や料理を出してくれるのはあっちにあるみたいな大きな酒場だよ。俺は迷宮都市《ダンジヨン》で学んだから詳しいんだ」

と、たくさんの角灯《ランタン》が煌々《こうこう》と輝く大きな酒場を指さして知ったかぶった。

まぁ、繁盛しているようだしきっと不味《まず》くはないはず。

「ふーん、ユウがそう言うならあの店にしましょう」

幸いにもアイリは俺の提案で納得してくれた。

護衛さんたちのほっとする気配を感じる。

俺とアイリは騒がしい大衆酒場へと踏み込んだ。


「わぁ！　大きい肉と魚！　これってナイフとフォークがないけど、どうやって取り分けるの？」

テーブルの前に並んだ豪快な骨付き肉と、魚一匹の揚げ物を見たアイリが目を丸くしている。

「このままかじりつく……と言いたいけど、流石《さすが》にでかすぎるな」

俺は探索で使っている携帯ナイフを使い、大きな肉をささっと切り分けた。

ちなみに小さな木のフォークが皿に載っているが、アイリは食器だと認識できなかったらしい。お姫様は見たことがないから仕方ないか。

俺はアイリに食べ方の手本を見せた。すぐにアイリが真似《まね》る。

「ん！　初めて食べる味だけど美味《おい》しい！」

シンプルな塩と香辛料の味付け。ただ素材が新鮮なのか肉も魚も美味い。

「麦酒《エール》はちょっとぬるいかな」

冷蔵魔法がかかっていない常温の黒麦酒《ブラックエール》だった。

迷宮《ダンジョン》都市のものより味が濃く常温でも悪くない。

「おう、若いの！　飲んでるか？」

「え？」「ん？」

俺とアイリが食事と酒を楽しんでいると、酔っぱらいが同じテーブルに座った。

ぐびっと、木の大きなコップに入った麦酒を飲み干して、おかわりを注文している。

三つ隣の席にいる護衛さんたちがざわつくのを感じた。俺はそれを手で制する。

「実はこの店が初めてで。おすすめありますか？」

「おう、そうか、そうか！　じゃあ、あれを食べなきゃな！　おい、店主《マスター》！　ここのテーブルにアレを頼む！　俺のおごりだ！　気にするな、若いの！　今日は皇帝陛下が大魔獣を討伐した祭りの席だ！　楽しく飲まないとな！」

はっはっは！　と笑いながら酔っぱらいのおっさんは去っていった。

「なに、あれ？　ユウの知り合い」

「いや、全然。陽気なおっちゃんだったな」

ああいう酔っ払いは、迷宮《ダンジョン》都市にもいたし、帝都でも同じなのだろう。

「そ、そういうものなのね……」

普段の貴族街の高級なレストランではありえないのだろう。

ちなみに、勝手に注文された料理は皿に載った小ぶりな魚が姿焼きされたものだった。

俺も初めて見る料理で、アイリと一緒に恐る恐る食べてみる。

「美味っ」「美味しいわね」

腹に卵が入った魚を多めの塩で味付けした珍味だった。

聞くと東の大陸ではよく食べられているそうで、帝の剣《インペリアルソード》の好物らしい。

（って親父の好物なのか）

知らなかった。

そう言えば、家では一緒に飲んだけど、外の店に一緒に行ってなかったな。

今度帝都に帰ったら、親父の行きつけの店を聞いてみようと思う。

「ねぇ、店員《ウエイトレス》さん！　おかわり頂戴」

気がつくとアイリが何杯目かのおかわりをしている。

酔ってるのか、と思ったが顔が赤くはない。

（アイリって酒強いんだな）

そんな風に考えていると、ふと後ろから気配を感じた。

俺たちを遠巻きに見ていた護衛の人の一人だ。

（ユージン殿、アイリ様は顔には出ませんがお酒に強くありません。ほどほどで切り上げて頂きたく……）

そんなことを囁《ささや》かれた。そちらに視線を向けると、既に誰もいなかった。

とんでもない手練《てだ》れだ。

「アイリ、そろそろ出ようか？」

「ええー、まだまだ飲めるってー」

ろれつは回っているが、口調が明らかにおかしい。

酒に強くないのは本当のようだ。

俺は会計を済ませ、アイリに肩を貸しながら、エインヘヤル宮殿までの道を歩いた。

「止まれ！　何者……あ、アイリ皇女殿下!?」

当然のように門番に呼び止められ、そして俺が肩を貸しているアイリの顔を見て仰天している。

さてどう説明したものかと思っていると、後方に控えていた護衛の一人が門番と話をつけてくれた。助かる。

「では、俺はこの辺で帰……」

宮殿についたことだし、あとは護衛の人に任せようと思っていたら。

「ユージン殿。この通行証を見せれば宮殿内は自由に歩くことができます。アイリ様のお部屋は昔と変わっておりません。よろしくお願いします」

と皇族の紋章の入った金属札を渡された。

（いいのか？　こんなものを受け取って……。というか独り身の皇女殿下の部屋に男が勝手に入っていいのか……）

と悩んだが、そもそも最初に俺の部屋に勝手に侵入してきたのは幼馴染《アイリ》だった。

じゃあいいか。酔っ払ったアイリを放置するわけにはいかないので俺はエインヘヤル宮殿の中の長い廊下を進む。

大きな赤い扉の前にやってきた。

門番は若い女性の衛兵だった。

俺が通行証の金属札を取り出そうとすると。

「ユージン様ですね！　どうぞお通りください！」

顔パスだった。いや、通行証は確認しろよ。

俺は久しぶりに幼馴染《おさななじみ》の部屋に入った。

（相変わらず大きな部屋だ……）

飾り気はない、しかし机や椅子、絨毯《じゅうたん》や鏡に至るまでとてつもない高価な品が並んでいる。

俺は酔った幼馴染を天蓋付きの巨大なベッドに寝かせようとして。

「……ねぇ、ユウ」「わっ」

さっきまで酔って何も喋《しゃべ》ってなかったアイリが、突然口を開いて俺の身体《からだ》に抱きついてそのままベッドに倒れるように俺を引き寄せた。

アイリがベッドに寝転び、俺はそれを押し倒すようにベッドに倒れ込んだ。

「狸寝入《たぬきねい》りか」

「ふふ……たった今、酔いが醒《さ》めたの」

イタズラっぽい顔で答えるアイリ。絶対に嘘《うそ》だ。

まぁ、目が醒めたならなによりだ。

「じゃあ、オヤスミ、アイリ…………ん？」

ガシッと、腕を掴《つか》まれた。

「まさかもう帰る気？」

「もう深夜も過ぎてるし、俺は明日には迷宮《ダンジョン》都市行きの飛空船に乗るから」

「だからでしょ！　しばらく会えないんだから、もっといてよ！　絶対に朝まで帰さないから!!」

さっきまでの機嫌の良さが吹き飛び、一気に不機嫌になるアイリ。

こうなると言うことを一切聞かない。腕は掴まれたままだ。

仕方なく、久しぶりにきた幼馴染の部屋を見回すと気になるものが目についた。

「あの壁に飾ってある短い刀は……」

それは子供用の刀だった。昔、縁日で親父《おやじ》が俺とアイリに買ってくれたもの。

「懐かしいでしょ？」

「ああ、よく一緒に剣の練習したよな」

「ねぇ！　そう言えばあれは覚えてる!?　一緒に帝都の裏の川で……」

思い出話に花を咲かせた。語れることはいくらでもある。

話しつかれた俺とアイリは、気がつくとベッドで寝ていた。

――子供の頃のように。

アイリのベッドは大きくて大人二人が寝転んでも十分なスペースがあった。

入ってくる朝日で目を醒ました俺は、まだ眠っているアイリに毛布をかけた。

幼馴染を起こさないように、そっと扉を開いて外にでる。

護衛をしていたであろう女衛兵が、こちらを見て「昨夜はお楽しみでしたね☆」と言ってきた。何を言ってるんだこの人は。

「ふぁ～」大きく伸びをする。思ったより熟睡できた。二日酔いもない。

俺は薄暗い中、軽い足取りで家へと急いだ。


空が白み始める頃、家へと帰ると二人《スミレとサラ》の仲間が待っていた。

――眠気が一気に醒めた。

「……ユージンくん、おかえり☆　昨晩はどこでお楽しみだったの？」

「……ユージン、恋人二人を待たせて朝帰りとは、良い身分ね」

「いや、待ってくれ、違うんだ」

これはよくない。何か言わないと。

「幼馴染のお姫様のところに行ってたんでしょ？」

「あら、スミレちゃんてば根拠ない決めつけはダメよ？　ユージン、私の目を見て」

ずいっと、スミレとサラが俺の顔を覗《のぞ》きこむ。

「俺はさっきまで……」

アイリの部屋にいたけど何もなかったよ、と言おうとして踏みとどまった。

（ユージン……まさか信じてもらえると思う？　逆の立場なら信じる？）

魔王《エリー》に呆《あき》れた口調で念話された。

夜にこっそり抜け出して、幼馴染とはいえ異性と二人で酒を飲んで、その後朝までその相手の部屋で過ごして何もしてないと言う……。

（無理だ）諦めた。

「ゆーくん～？」「ユージン、どうして黙るのかしら？」

二人は逃がしてくれそうにない。仕方ない。土下座でもなんでもするしかないかと思っていたら……「がしっ！」と両腕を掴まれる。

「ほら、ユージンくん！　今日は学園に帰る日でしょ！」

「早く荷物の準備しちゃうわよ」

家の中に連行された。見ると二人の表情はいつもより少し暗い。

「スミレ？　サラ？　怒ってないのか？」

「……ユージンくんが帰ってこなかったらどうしようかと思ってたんだよ」

「帝国に残るって言いだしたらどうしよう～、ってスミレちゃん泣いてたし」

「泣いてないよ！　泣きそうだったのはサラちゃんでしょ！」

「わ、私は全然ユージンを信じてたから！」「私だって！」

その言葉を聞いて二人に申し訳なくなった。

「ごめん、スミレ、サラ。勝手に出て行って。でも、今の俺の目標は天頂の塔《バベル》の五〇〇階層を攻略することだから。二人を残して帝国に戻ったりしないよ」

「うん、信じてる」「当たり前でしょ」

二人の表情に明るさが戻った。よかった。

「でも、幼馴染のお姫様とユージンくんが寄りを戻しちゃったね～、サラちゃん」

「仕方ないわよ。帝国は一夫多妻制度だから。たまの浮気は許しましょう、スミレちゃん」

「ちょ、ちょっと、待ってくれ」

俺とアイリに何かあった前提で話してないか？

「いいよ、ユージンくん。私たちは心が広いから」

「でも、浮気までね？　本気はダメよ？」

「いや！　だから何もなかったんだよ!!」

「もー、隠すなんて男らしくないなぁ～」

「言っておくけど、学園じゃ私とスミレちゃん以外の他の女を作っちゃダメだからね？」

「作らないって！」

（この子たち、ユージンのことをとんでもない女たらしだと思ってるわね）

魔王《エリー》が笑っている。俺は笑えなかった。

……もう少し日々の行動を改めよう、と思った。

あとがき

大崎アイルです。『攻撃力ゼロから始める剣聖譚《けんせいたん》』三巻をお読みいただきありがとうございます。今回は帝国帰省編でした。作品の副題にもなっている『幼馴染の皇女』がついにユージンと再会します。外見《デザイン》は一巻時点で登場してましたが、性格《キャラクター》は今回初登場です。淑女な外見ですが中身は……というギャップがお気に入りのヒロインです。あとは、ユージンの回想でよく登場していた父親も登場します。書いてて楽しい回でした。唯一の難点は、看板ヒロインの魔王《エリー》は、学園の地下牢《ちかろう》にいるので登場させづらいことでしょうか。次回は学園に舞台が戻るのでエリーの出番が増やせるといいなと思います。

次回は学園モノっぽく、学園祭編を予定しています。もっと色々な生徒を紹介できるといいのですが大崎がキャラを増やすのが苦手なので、大勢が登場する話ではいつも苦労してます。頑張って書きますので、楽しみにしてください。

最後に今回も素晴らしいイラストを描いてくださったkodamazon先生、ありがとうございます。『信者ゼロ』シリーズと共にいつも締め切りギリギリでご心配かけております、担当のSさん。そして応援していただいている読者さん、これからも『攻撃力ゼロ』シリーズをよろしくお願いいたします。

攻撃力ゼロから始める剣聖譚 3
～幼馴染の皇女に捨てられ魔法学園に入学したら、魔王と契約することになった～

発　　行　2024年6月25日　初版第一刷発行

著　　者　大崎アイル
発 行 者　永田勝治
発 行 所　株式会社オーバーラップ
〒141-0031　東京都品川区西五反田 8-1-5
校正・DTP　株式会社鷗来堂
印刷・製本　大日本印刷株式会社

Printed in Japan　ISBN 978-4-8240-0824-4 C0193

オーバーラップ文庫
信者ゼロの女神サマと始める異世界攻略
Clear the world like a game with the zero believer goddess
第5回
オーバーラップ
WEB小説大賞
〈金賞〉
受賞作

第12回 オーバーラップ文庫大賞
原稿募集中！
イラスト：片桐
これは、
世界を変える
魔法《ものがたり》
【賞金】
大賞…300万円
（3巻刊行確約＋コミカライズ確約）
金賞……100万円
（3巻刊行確約）
銀賞………30万円
（2巻刊行確約）
佳作………10万円
【締め切り】
第1ターン 2024年6月末日
第2ターン 2024年12月末日
各ターンの締め切り後4ヶ月以内に佳作を発表。通期で佳作に選出された作品の中から、「大賞」、「金賞」、「銀賞」を選出します。
投稿はオンラインで！ 結果も評価シートもサイトをチェック！
https://over-lap.co.jp/bunko/award/
〈オーバーラップ文庫大賞オンライン〉
※最新情報および応募詳細については上記サイトをご覧ください。
※紙での応募受付は行っておりません。